Senza frontiere

W0399634

Iscriviti alla newsletter su www.lindau.it per essere sempre aggiornato su novità, promozioni ed eventi. Riceverai in omaggio un racconto in eBook tratto dal nostro catalogo

NORLA
NORWEGIAN LITERATURE ABROAD

This translation has been published with the financial support of NORLA

Per le foto © Kvinnemuseet, che si ringrazia per la gentile concessione
Per i quadri © Wikimedia Commons

Traduzione dal norvegese di Luca Taglianetti

Titolo originale: *Samlede tekster*
In copertina: Edvard Munch, *Madonna*, 1894-1895, olio su tela

© 2025 Lindau s.r.l.
via G. Savonarola 6 - 10128 Torino

Prima edizione: settembre 2025
ISBN 979-12-5584-270-5

Dagny Juel

L'ECO SELVAGGIA DEL DESIDERIO

a cura di Luca Taglianetti

LiNDAU

Dagny Juel a Kristiania, 1893 ca

Introduzione

di Luca Taglianetti

La vita[1]

La parabola artistica ed esistenziale di Dagny Juel copre un arco di tempo relativamente breve: il racconto d'esordio, *Rediviva*, fu scritto nel 1893 a ventisei anni, otto anni prima della sua tragica morte a Tbilisi; le uniche opere che riuscì a pubblicare in vita furono quattro prose brevi nel 1900, il dramma *Den sterkere* (*Il più forte*) nel 1896 e altri due drammi, ma in edizione polacca e ceca. Probabilmente Dagny non era molto interessata al grande pubblico e alla larga produzione letteraria, se è vero che dichiarò al suo editore di non avere

[1] Le notizie e le citazioni biografiche presenti in questo paragrafo sono desunte da: Mary Kay Norseng, *Dagny: Dagny Juel Przybyszewska, the woman and the myth*, University of Washington Press, Seattle-London 1991; Roar Lishaugen, *Dagny Juel – den moderne damen*, Kongsvinger 2001; Roar Lishaugen, *Dagny Juel. Tro, håp og undergang*, Andresen&Butenschøn, Oslo 2002; Franco Perrelli, *Ola Hansson e August Strindberg. Intersezioni e trasfigurazioni autobiografiche dalla «città dei peccati»*, in Massimo Ciaravolo et al., *Forme di narrazione autobiografica nelle letterature scandinave*, Firenze University Press, Firenze 2015, pp. 159-171; Lars Brandt, postfazione a *Dagny Juel, Flügel in Flammen. Gesammelte Werke*, CulturBooks Verlag, Hamburg 2019. Tutte le citazioni sono a cura del traduttore.

ambizioni letterarie, che considerava le sue prose delle «cosucce», e non si preoccupò di pubblicare le sue poesie, che furono scoperte solo molto tempo dopo la sua morte – anche se cercò di far mettere in scena il suo dramma al Teatro di Kristiania, ma probabilmente più per un fattore economico che artistico. Tuttavia, se nella scrittura fu discontinua e modesta, lo stesso non si può dire riguardo alla sua vita, vissuta fino in fondo in maniera intensa, libera, appassionata, un'esistenza che in pochi anni la portò ad attraversare tutta l'Europa, dalla Norvegia alla Spagna, dalla Germania alla Georgia e alla Polonia; sempre in movimento, al centro di scandali amorosi, regina incontrastata del *milieu bohémien* della capitale tedesca, dalla sua biografia emerge una figura variopinta piena di sfaccettature e contraddizioni, scostante e sensibile, misteriosa e provocante, sessualmente emancipata e profondamente innamorata, sognatrice e concreta, presa dalla vita e ossessionata dalla morte: l'immagine della donna moderna di fine secolo.

Ricordata, e conosciuta, più per le vicende amorose che la videro protagonista nel cenacolo culturale berlinese che si ritrovava all'interno del locale Zum schwarzen Ferkel [Il maialino nero] – di cui facevano parte vari artisti nordici in «esilio» in Germania, tra cui August Strindberg e Ola Hansson, ma anche Adolf Paul, Holger Drachmann, l'avanguardista polacco Stanisław «Stachu» Przybyszewski, suo futuro marito, e il poeta tedesco Richard Dehmel – e per essere stata una delle muse ispiratrici di Edvard Munch[2], anche lui accolito

[2] «L'unica donna, la cui influenza si rifletta direttamente e ripetutamente nei lavori [munchiani] più significativi degli anni '90» (Perrelli, *Ola Hansson e August Strindberg* cit., p. 164). Dagny, a volte insieme a Stachu, fu, tra gli altri, la modella dei dipinti e delle incisioni *Dagny Juel* (1893), *Vampyr*

del circolo, Dagny si distinse pure nel ruolo di intellettuale e mediatrice culturale[3], un aspetto quasi del tutto sconosciuto fino a tempi recenti[4]. È infatti indiscutibile che sin dall'inizio la critica si sia quasi sempre concentrata sulla sua vita amorosa, e i resoconti di chi le fu vicino ce la restituiscono immancabilmente attraverso le immagini stereotipate della mangiatrice di uomini e i *cliché* della donna-vampiro. Il suo ruolo di autrice non fu mai preso sul serio, anzi fu persino calunniata da chi aveva letto le sue opere: uomini che, per quanto si ritenessero fuori dagli schemi della liturgia borghese imperante, non riuscirono mai ad affrancarsi da una mentalità solo apparentemente aperta, ma che in realtà mal celava il maschilismo di un'epoca in cui una donna come Dagny, libera sia dal punto di vista intellettuale che erotico, li terrorizzava e destabilizzava le loro menti.

Dagny nacque l'8 giugno 1867 a Kongsvinger, nel sud della Norvegia, da una famiglia benestante. Secondogenita di quattro sorelle, trascorse la sua infanzia nella tenuta di Rolighed fino al 1882, quando partì per Erfurt, in Germania, dove rimase per due anni. Al ritorno dal soggiorno tedesco – e

(*Vampiro*, con Paul, 1893-1894), *Aske* (*Ceneri*, 1894-1895), *Sjalusi* (*Gelosia*, 1895), *Mann i kvinnehår* (*Uomo tra i capelli di una donna*, 1896), *Kysset* (*Il bacio*, 1897-1898), *Mann i kvinnehår, Salomeparafrase* (*Uomo tra i capelli di una donna, parafrasi di Salomè*, 1898) e, forse, *Madonna*, 1895-1902.

[3] Dagny tradusse in norvegese il romanzo di Karl A. Tavaststjerna *I förbund med döden* (*Il patto con la morte*, 1893), in tedesco il racconto *Liv* (1895) di Sigbjørn Obstfelder e in norvegese la prima parte della trilogia *Homo sapiens* (1895-1896) di Przybyszewski. Scrisse anche un articolo sul pittore Theodor Kittelsen, oggi perduto.

[4] I primi studi su Dagny appaiono agli inizi degli anni '70, ma bisognerà aspettare il volume della Norseng negli anni '90 per avere un primo approccio analitico alla sua vita e alle sue opere. I suoi scritti completi usciranno nel 1996.

Le sorelle Dagny, Astrid, Gudrun e Ragnhild Juel, 1890 ca

Wilhelm Krag, Hjalmar Christensen, Dagny e Ragnhild Juel a Kristiania, 1893 ca

quindi dal primo volo lontano dal nido familiare – si iniziarono già a intravedere i tratti di una personalità volitiva e decisa, che otteneva ciò che desiderava con il suo modo d'essere.

Di lì a poco, insieme alla sorella Ragnhild, iniziò a studiare pianoforte a Kristiania (vecchia denominazione per Oslo) e fu introdotta nei circoli letterari della capitale dal giovane scrittore e giornalista Hjalmar Christensen – il cui romanzo d'esordio, *En frisindet* (*Un liberale,* 1889), avrà come protagonista una donna, probabilmente modellata su Dagny. A Kristiania, Dagny si distinse per il suo modo d'essere sfrontato e poco ortodosso – per l'epoca: fumava e beveva, s'intratteneva con scrittori e artisti a parlare di letteratura e arte, si vestiva con lunghi abiti neri aderenti, cinta da una fascia verde di coccodrillo: «il peccato in persona», come ricorda una giovane scandalizzata di una famiglia borghese di Lund. Dopo che sfumò la possibilità di trasferirsi a Parigi, a seguito della sorella che era andata lì a studiare canto, Dagny decise di trasferirsi a Berlino per continuare gli studi pianistici. Fu proprio Munch, conosciuto dalla ragazza in Norvegia sicuramente prima dell'estate del 1892 – epoca a cui risale un dipinto di lei e della sorella al pianoforte – che la introdusse nella cerchia del Ferkel. Della sua comparsa nell'osteria abbiamo due resoconti opposti che però segnano due punti di vista scaturiti da due situazioni differenti. Adolf Paul la descrive, con tutte le cautele del caso, in modo abbastanza oggettivo:

> Un giorno entrò al Ferkel accanto a Munch – bionda, snella, elegante e vestita con una raffinatezza che forse intendeva mettere in evidenza la flessuosità del corpo, ma evitando di esaltare troppo il profilo delle linee.

Al contrario Strindberg racconta che Dagny era

> una bionda alta e diafana, che pareva smagrita da una malattia; con un tono dolente e afflitto nella voce, parlava in maniera strascicata e aveva uno sguardo esausto.

Questa rappresentazione è inficiata da un episodio che marcherà per sempre il giudizio (negativo) di Strindberg nei confronti della donna. Pare infatti che lo scrittore, affascinato dalla sua bellezza, avesse dichiarato il suo innamoramento, solo per esserne respinto con una risata, con la motivazione che fosse troppo vecchio (all'epoca Strindberg aveva quarantaquattro anni) e grasso. Non sappiamo quanto ci sia di vero in questa storia – in generale, non è sempre facile distinguere la verità alla base dei racconti degli avventori del Ferkel su Dagny – sta di fatto che da allora la fascinazione per la ragazza si trasformò in odio profondo tanto che egli la definì in una lettera a un suo amico svedese «quella miserabile donna del diavolo» e la usò come modello della donna distruttiva per tutta una serie di suoi scritti tra cui *Inferno* (1897), *Svarta fanor* (*Bandiere nere*, 1907) e *Brott och brott* (*Crimine e crimine*, 1899). Stando sempre al racconto di Strindberg, Dagny fu prima amante di Munch, poi dello stesso Strindberg, poi di altri appartenenti al circolo; in una lettera a Brandes chiosa grossolanamente: «In un mese appena s'era fatta quattro nazionalità». E, sebbene lo stesso Paul dichiarasse che Dagny «presto fu ribattezzata [da Strindberg] Aspasia. E fece onore a quel nome», come abbiamo visto il giudizio strindberghiano era fazioso e carico di rancore, e dubbi sussistono sull'effettiva realtà di un rapporto amoroso tra Dagny e Munch – che comunque non risulta dalla corrispondenza dei due.

Di certo, Dagny fu «l'elemento che fece esplodere la cerchia che si riuniva ai tavoli» del Ferkel; secondo un discepolo del gruppo, lo scrittore Franz Servaes, era una

> creatura eccezionale, unica, affascinante... Ducha – che allora era sulla ventina – era una donna straordinaria di cui tutti si innamoravano e ammirata da tutte. Aveva i capelli un po' mossi che cadevano in modo seducente sulle tempie e sulle gote. Insomma, in un certo senso era il prototipo della donna moderna venerata... Si abituò appieno a questo suo nuovo ruolo e in cambio godeva dell'ammirazione, per non dire dell'adorazione, che Przybyszewski nella sua estasi letteraria le destinava.

Per il critico d'arte Julius Meier-Graefe,

> era norvegese, molto snella, con le forme di una Madonna del Trecento e una risata che faceva impazzire gli uomini. Era soprannominata Ducha e beveva litri di assenzio senza ubriacarsi. [...] Era una regina molto delicata, piena di arroganza e di temeraria sfacciataggine e dotata di una maestà fanciullesca che rimaneva invulnerabile anche nella frenesia selvaggia. [...] Era provocatoria con ogni uomo, lo avvicinava a sé e poi lo respingeva.

Sembra che Dagny sapesse come rendere la sua conoscenza un'esperienza nuova ed eccitante e come affascinare il suo interlocutore. Quando ballava, dice Servaes, «assomigliava a una driade, il miraggio della sua danza aveva qualcosa di magico e fantastico che incantava completamente gli spettatori». Secondo lo scultore Vigeland «aveva gli occhi verdi, un vestito rosso e ballava per noi e tutti noi la desideravamo».

Dagny a Stoccolma, 1894

Anche le donne ne rimanevano affascinate, se è vero che Ida Dehmel, una delle poche artiste appartenenti alla cerchia del Ferkel, riporta:

> Mai in vita mia ho visto qualcosa di simile al suo danzare. Era aggraziata e flessuosa come un giunco. Si adagiava tra le braccia degli uomini leggera come un velo, come un ciuffo di nuvole. Indubbiamente si pensava ai movimenti di un fiore, quando la si vedeva drizzare orgogliosamente la sua bella testolina sul collo scolpito.

E Meier-Graefe:

> Di primo acchito sembrava che le sue braccia fossero fissate immobili al corpo. Con un movimento pieno di promesse le allargava, le agitava per aria e le sollevava sopra la testa. In mano teneva delle ghirlande di fiori. Come una vestale incedeva verso il tempio, come una Euridice scivolava nelle notte, come una Giuditta s'intrufolava nella tenda di Oloferne. [...] Tutti aspettavano il momento in cui il ritmo accelerato avrebbe finalmente liberato la natura animalesca della Baccante.

La vedevano come un'opera d'arte, ora botticelliana:

> Notai [scrive il diplomatico polacco Alfred Wysocki] i suoi ricci serici che dorati incorniciavano un volto stretto e ovale e le coprivano le orecchie. [...] Sotto delle sopracciglia regolari fissavano degli occhi azzurri, calmi, freddi, cerchiati da occhiaie scure

ora preraffaellita [scrive un anonimo]:

> Non bellissima eppure seducente come nessun'altra. Alta, snel-

la, flessuosa, con una frangia scura e occhi chiari sotto palpebre socchiuse e stanche. Capelli rossicci secchi, ricciuti, che si rizzavano al minimo tocco come segale matura prima di un temporale. Una bocca troppo grande che brillava porporina su dei denti aguzzi, bianchi, genuinamente norvegesi.

E non averla vista, diceva Meier-Graefe, era «un'esperienza mancata che non può essere sostituita». Probabilmente Munch colse nel segno quando disse che «per descriverla bisognava viverla». Eppure, in sostanza, sappiamo con certezza solo che fu di Stanisław Przybyszewski, da tutti chiamato «Stachu», di cui Dagny si innamorò perdutamente, forse per la comune passione per la musica – Stachu allietava le serate al Ferkel con le sue sonate di Chopin al pianoforte, mentre Strindberg strimpellava la sua chitarra scordata e Dehmel ubriaco danzava e cantava in piedi sui tavoli –, forse per la sua personalità marcata e priva di compromessi, che vibrava come qualcosa d'affine nell'anima di Dagny, da Stanisław ribattezzata «Ducha» (da *duch*, che in polacco significa «anima»); sta di fatto che i due si sposarono il 18 agosto 1893 presso l'ufficio di stato civile di Tiergarten a Berlino.

Delle serate musicanti al Ferkel di Stachu, Munch ricorda:

> Lo vedo ancora seduto lì all'angolo del divano di quella piccola vineria berlinese, stravaccato e con gli occhi frenetici, mentre parla con voce roca e lentamente come se stesse facendo un monologo su di sé. Poi poteva capitare che saltasse su in estasi e corresse al pianoforte con tale rapidità che pareva seguisse una voce interiore che lo chiamava. E nel silenzio mortale che seguiva il primo accordo, la musica eterna di Chopin risuonava nella stanzetta stretta trasformandola d'un colpo in una luminosa sala da concerto, una sala da concerto d'arte.

Gli sposi vissero per cinque anni nella capitale, in condizioni d'indigenza economica, cambiando spesso appartamento, ma le loro dimore divennero presto un luogo di incontro per gli amici artisti di entrambi. Spesso, ricorda Meier-Graefe, nelle serate conviviali Stachu suonava il piano, mentre Dagny ballava con un amico, e gli altri guardavano, e nella danza «il suo lungo vestito aderente diventava una striscia di fuoco».

La coppia ebbe due figli, Zenon, nato il 28 settembre 1895, a cui Dagny dedicherà anche una poesia, e Iwa, nata il 5 ottobre 1897, custode di gran parte del materiale manoscritto inedito della madre. I due vivevano alla giornata, costretti a vendere i propri effetti personali, a impegnare mobili, vestiti e quant'altro, a chiedere l'aiuto economico di amici e parenti per poter sopravvivere – e l'alcolismo di Stachu non aiutava di certo la situazione. Ida Dehmel ricorda:

> Entrambi disprezzavano profondamente qualsiasi genere di ordine. Il solo pensiero del domani era per loro ridicolo e inutile. In primavera Dagny dava in pegno i suoi vestiti invernali per riscattarli poi in autunno in cambio di quelli estivi. Quando eravamo insieme le cadevano sempre dalla borsa i biglietti dei pegni.

Tuttavia la loro condizione peggiorò di molto nell'ultimo periodo berlinese a seguito di uno scandalo che colpì la coppia. Prima di incontrare Dagny, Stachu aveva intrecciato una relazione sentimentale con Marta Foeder, una sua connazionale di origini ebree, «una donna semplice, che non colpiva per la sua bellezza o per il suo spirito, ma per la fedele devozione e la dolente pazienza con cui portava il suo fardello», ricorda Servaes. Quando Dagny e Stachu si sposarono, lui

La famiglia Juel a Rolighed, estate del 1888

La famiglia Juel con Dagny e Stachu a Rolighed, estate del 1895

non interruppe il suo rapporto con la Foeder, anzi ebbe da lei persino tre figli, e mentre era in attesa del loro quartogenito, la ragazza si suicidò avvelenandosi nell'estate del 1896. A seguito di questa morte, Stachu fu incarcerato per due settimane, sospettato di aver fornito il veleno alla donna, ma Dagny non fece mancare il suo sostegno al marito, rimanendogli a fianco nonostante il tradimento conclamato. Quando Stachu fu rilasciato, tutti gli amici della coppia si allontanarono, lui stesso, essendo a pezzi e incapace di rimettersi al lavoro dopo la detenzione, precipitò la famiglia nella povertà più profonda. Dagny si attivò per sostenere il nucleo familiare, diede lezioni di piano, chiese soldi agli amici, mantenne i contatti con gli editori del marito e ricopiò i suoi manoscritti. Ma i pochi soldi che riusciva a raccattare venivano spesi in bevute da Stachu e spesso Dagny si ritrovava a dover dormire al freddo e a stomaco vuoto.

Un'istantanea del periodo ci viene dalla descrizione del primo incontro con Dagny, presso la casa della coppia, di Wysocki, giovane studente di giurisprudenza:

> Dinanzi a me si presentò una giovane donna che sembrava essersi svegliata da un profondo sonno. L'appartamento consisteva di due stanze. Le finestre erano rivolte verso il cortile posteriore, e lungo una delle pareti laterali c'era un pianoforte. [...] In un angolo troneggiava un orribile divano berlinese che fungeva al contempo da letto, da libreria ed *étagère*. Un enorme calamaio su un tavolino cosparso di fogli e libri ricordava l'attività del padrone di casa. [...] Osservai tutto ciò mentre la signora si stava cambiando nella stanza accanto. Dopo un po' tornò pettinata e con una camicia chiara, ringiovanita e mutata. Quando mi scusai per il mio arrivo, mi disse che Stachu [...] era andato dal fratello per una commissione importante e

non era ancora rientrato. Quando notò che guardavo le fotografie sul pianoforte, mi disse che in una c'era il suo caro amico Grieg. Aggiunse subito che lei era norvegese, nata dalle parti del fiordo di Kristiania, e che suo padre era medico. Mi mostrò anche una foto graziosa di una villa in campagna, con un giardino enorme, tanti fiori e una veranda. Nella veranda c'era una coppia di anziani, i suoceri di Stachu. Mentre constatavo con difficoltà il contrasto tra la fotografia, la stanza modesta e la vita *bohémien* della coppia, tra due mondi così diversi, arrivò finalmente Stachu. Fresco rasato, felice come un'allodola e molto cordiale. Mi chiamò *Fredzinek* e si mise a spacchettare un grosso pacco che aveva con sé. Ricordo in particolare una grossa rapa bianca che Ducha tagliò a fette larghe e mise in un piatto insieme a una salsiccia bella grossa. Quando l'acqua iniziò a bollire Stachu afferrò una bottiglia e corse a un bar dall'altro lato della strada a prendere il rum, lo versò in un bicchiere, almeno fino alla metà, poi aggiunse acqua calda e zucchero. Questa bevanda infernale, che mi diede subito alla testa, era una specialità a casa Przybyszewski ed era chiamata il «punch norvegese». Ho sempre amato la musica, e dopo pranzo chiesi a Dagny di suonare. Si rifiutò a lungo ma poi cedette. Dopo capii che Stachu era geloso della musica della moglie, perché gli risvegliava dei ricordi spiacevoli. Dagny si accomodò al pianoforte, a schiena dritta, e con le piccole e delicate mani dalle dita lunghe e graziose tenute a regola d'arte. [...] La sua figura era più interessante del suo modo di suonare, che probabilmente era corretto, ma un po' freddo. Quando dopo, su mia richiesta, si mise a suonare un pezzo di Chopin, non fece in tempo a fare alcune battute, che Stachu le disse qualcosa in norvegese. Si alzò di scatto, si sedette al mio fianco sul divano e disse che sarebbe stato Stachu a suonare Chopin.

Travolti dai debiti e dalle chiacchiere intorno alle loro vite, abbandonati da tutti i vecchi amici del Ferkel, i due decisero di lasciare Berlino per ricominciare altrove.

Un'isola felice, in quei cinque anni d'intemperie di vita coniugale berlinese, furono le estati trascorse a Rolighed, nella casa paterna di Dagny. Circondati dalle cure e dagli affetti familiari, i due poterono riprendersi nel fisico e nell'anima e abbandonarsi all'ispirazione poetica. In Norvegia, infatti, Stachu scrisse uno dei suoi romanzi più famosi, *Homo sapiens*, e Dagny si dedicò alla attività di traduttrice e drammaturga.

Invitati dal filosofo polacco Wincenty Lutosławsky nella sua residenza spagnola nei pressi di La Coruña, la coppia lasciò definitivamente Berlino e, dopo un lungo viaggio attraverso la Francia, con tappe a Parigi – dove incontrarono Munch – e a Bordeaux, arrivarono a Playa de Mera, vicino alla città iberica. Nelle sue memorie il filosofo ricorda come Dagny sostenesse che fosse stato il destino a farle incontrare Stachu e che un giorno in Norvegia avesse lanciato in mare un antico monile di famiglia solo per provare il suo vero amore al marito, che l'aveva sfidata a dimostrare i suoi sentimenti con quel gesto. Il periodo spagnolo fu fecondo per entrambi, sia sotto il profilo letterario che intellettuale.

Dagny scrisse all'amica Margarethe Ansorge:

> Qui è bellissimo, affascinante! Facciamo il bagno e corriamo per la spiaggia. Ci sembra che sia già luglio. Il sole splende e ogni giorno il mare si mostra diverso. Su tutto regna una quiete fantastica per lavorare. Stachu scrive come non mai e anch'io ho scritto delle cosucce.

La coppia viaggiò a Madrid, Toledo e Burgos, visitò cattedrali gotiche e vide mostre di Goya, Velázquez e El Greco.

Dagny a 26 anni a Kongsvinger, 1893

Dagny in Spagna, 1898

Tuttavia le tensioni tra Lutosławsky e Stachu, soprattutto di carattere politico, spinsero la coppia a lasciare in anticipo il soggiorno iberico. Di ritorno dalla Spagna, mentre si trovavano a Parigi, Dagny ebbe notizia che il suo dramma *Synden*, tradotto in ceco, era stato accettato per una rappresentazione (poi solo in lettura) dal gruppo Intimní volné jeviště [Libero teatro intimo] di Praga; prima di recarvisi Dagny fece una sosta a casa, per quella che fu l'ultima sua estate in Norvegia col padre – che si spense da lì a poco; Stachu nel frattempo fu invitato in Polonia a dirigere la rivista «Życie» [Vita]. La famiglia quindi si trasferì a Cracovia.

In Polonia i due cercarono di ricreare lo stesso *milieu* berlinese, che avevano abbandonato con tanto astio, presso la locanda Paon [Pavone] con gli artisti della Młoda Polska [Giovane Polonia]. La loro casa divenne il centro attorno a cui ruotavano varie figure di intellettuali; Dagny era ammirata e presa a modello dalle giovani donne della città, colpite dalla sua «bellezza preraffaellita»; la direttrice del teatro di Cracovia ricorda che «qui nessuno pensava che lei venisse da qualche luogo, non si pensava nemmeno che avesse dei genitori. Si credeva che venisse dal nulla, chissà da dove. Forse era una strega»; e il suo ruolo di musa ispiratrice di Stachu divenne ancora più marcato, secondo quanto scrisse lo scrittore polacco Adolf Nowaczyński:

> Sapevamo solo che era Bella, che era sempre insieme a Lui, e già solo per questo doveva essere la nostra Astarte, [...] la nostra dea, regina, sovrana, l'amica e compagna del Profeta, dunque la Profetessa. [...] Solo in Dagny vedevamo l'amante del Profeta [...], l'Androgino, l'Assoluto, sua fortuna e genio, la fonte primigenia dell'estasi, della furia e dell'ispirazione creatrice.

Stachu iniziò a scrivere le sue opere in polacco, avendo fino ad allora composto prettamente in tedesco, e divenne il punto di riferimento degli avanguardisti; insomma, sembrava che la vita avesse preso finalmente una piega positiva per i coniugi. In realtà anche il periodo polacco fu molto duro per Dagny: a parte la nostalgia di casa, non riuscì mai a imparare la lingua locale e si esprimeva solo in tedesco, rimanendo quindi pressoché isolata nelle sue conoscenze; una testimone della vita in Polonia della giovane, Helena Pawlikowska, scrisse: «Quando il marito parla polacco a casa o al ristorante, e lei non capisce nulla o è stanca di ascoltare, si sdraia sul divano e si addormenta là dove gli uomini hanno poggiato i loro cappotti»; durante gli incontri con gli altri artisti rimaneva pressoché muta, la sua *verve* artistica si spense e divenne solo una figura passiva da adorare per le sue fattezze e per la carica ispiratrice. Inoltre le notti brave di Stachu, tra alcol e donne, aumentarono sempre di più. La loro casa, un vero e proprio museo con stampe di Goya e Munch alle pareti e libri d'arte sparsi ovunque, era invasa da ospiti dal primo pomeriggio fino a tarda notte, Stachu suonava Chopin e quando era stanco Dagny lo sostituiva suonando Grieg, il tutto tra grandi bevute. Fu in questo periodo che la coppia iniziò ad allontanarsi: da un lato Dagny, isolata e chiusa in una terra straniera, corteggiata da molti, ma fedele al marito, dall'altro Stachu, che non vedeva più Dagny come la sua musa, non partecipando alle discussioni degli accoliti del Paon, e che quindi si rivolse altrove per trovare nuovi stimoli.

Fu proprio durante un soggiorno presso una stazione termale tra i Monti Tatra, Zakopane, raggiunta a causa di un persistente mal di gola di Zenon, che Dagny venne a sapere di alcune *liaison* del marito, tra cui una con la pittrice Aniela Pająkówna, da cui Stachu avrebbe avuto una figlia l'anno dopo e che di fatto lo sosteneva economicamente dopo che lui aveva venduto tutto il mobilio dell'appartamento di Cracovia ed era perennemente al verde. Fu l'ultima goccia, nel gennaio del 1900 Dagny lasciò il marito, mandò in Norvegia suo figlio Zenon con la sorella Gudrun, mentre Iwa rimase a Leopoli con Stachu e la sua amante. Dopo un periodo irrequieto di viaggi tra Berlino, Cracovia e Praga, con il giovane poeta Wincenty Brzozowski, Dagny si trasferì a Parigi, dove fu raggiunta dalla sorella Gudrun che poi la accompagnò a Rolighed. Nella casa paterna Dagny trascorse l'estate con suo figlio, ma già nel periodo natalizio dello stesso anno andò da sua sorella Ragnhild a Stoccolma e poi a Lund in attesa di capire le intenzioni di Stachu, «aspettava ogni giorno una lettera, che non arrivava mai» ricorda la sorella. In tutto questo periodo Iwa era rimasta in Polonia, e la famiglia di Dagny le faceva pressione affinché si riunisse con Stachu. Infatti, sebbene lo scrittore avesse detto a una delle sue amanti di essere felice di essersi sbarazzato di Dagny, di averla «buttata fuori di casa», con la famiglia di lei si mostrava mortificato per la separazione, conquistando la compassione e le simpatie dei parenti della moglie; «questo è il mio Golgota, e Dio non voglia che sia la mia fine» scriveva a Ragnhild.

Verso la fine del febbraio 1901 Dagny e Zenon partirono alla volta di Cracovia per incontrare Stachu e da lì trasferirsi a Varsavia, dove avrebbero dovuto vivere insieme. Dagny scrive a Munch: «Nel fine settimana vado a Stoccolma e a inizio gennaio a Cracovia, da lì partirò per Varsavia con Stachu, dove abiteremo», e il suo ingenuo entusiasmo è alle stelle in prospettiva della nuova vita riconciliata col marito, come riportato in una lettera alla madre:

Adesso stiamo in un albergo, ma appena il passaporto di Zenon

Dagny a Zakopane, 1899

> sarà pronto partiremo la sera stessa per Varsavia, dove ci aspetta già la nostra nuova casa. Sono infinitamente felice di stare di nuovo a casa con Stachu... Mamma, puoi essere davvero felice per noi: sta iniziando ad andare bene – anzi sta già andando notevolmente bene per noi economicamente! E non puoi immaginare quali cose splendide abbia scritto da quando sta di nuovo in forma! Tre suoi drammi saranno messi in scena per tutta la Polonia, un romanzo sta per uscire nella nuova rivista di Przesmycki. Tutti lo adorano. Ha fatto un lavoro sovraumano in questo periodo! Ha completato e migliorato le edizioni tedesche... Si è occupato di tutte le correzioni. Ha scritto delle cose splendide e ha preparato le lezioni che terrà non appena saremo arrivati a Varsavia!

Ma la realtà, come ci si poteva aspettare, fu ben diversa. Dagny finì per alloggiare col figlio in una camera singola di una pensione, mentre Stachu rimase a Leopoli con l'amante Jadwiga Kasprowicz, moglie fedifraga del poeta Jan Kasprowicz, adducendo scuse sulla sua salute. Jadwiga era venuta a incarnare quell'ideale che in passato era stato rappresentato da Dagny; Stachu si dichiarava innamorato sinceramente di lei, e la descriveva come «bella, eterea e sensibile», adducendo che il destino li aveva gettati l'uno tra le braccia dell'altra. Nonostante questo, Dagny cercò di far venire il marito a Varsavia con lettere accorate:

> Non hai idea di quanto desideri mettere in ordine ogni cosa, di sistemarmi! Di suonare, leggere, scrivere! Qui è impossibile! La pensione è al completo e noi siamo costretti a rimanere nella nostra stanzetta. Oh, vieni presto, Stachu! Mi manchi! Il tuo dramma è ancora al vaglio della censura! Buon Dio, quando verrà messo in scena? [...] Stasiu, Stasiu! Sii gentile e dimmi se

> devo cercare un appartamento, di quante stanze dev'essere, se c'è bisogno di una cameriera ecc. ecc. Sono terribilmente stanca di non avere un posto fisso. Non lo capisci? Caro, scrivimi qualcosa al riguardo, te ne sarei davvero grata! [...] Stasiu, parli di pensieri e ricordi che agiscono su di te come veleni pestiferi! E io! Cosa dovrei dire io! Scrivimi spesso, mi consola! E torna presto da Dagny e Zenon.
>
> Stasiu torna a Varsavia presto! C'è davvero bisogno di te qui! È infinitamente triste e tetro qui! Nevica e fa un freddo terribile! Triste, troppo triste! E perché non scrivi mai quando ritornerai?

Tuttavia ormai nulla poteva salvare il loro matrimonio, Dagny lo sapeva, ma una fievole speranza l'accompagnava sempre:

> Oggi, quando ho ricevuto la tua lettera così affettuosa, colma di tenerezza e dall'aria così onesta, ho ripensato che una vita era ancora possibile, che la vita potrebbe riservare ancora bei giorni e forse persino un po' di gioia, ma temo di essere un'inguaribile ottimista...

Nel frattempo Stanisław Brzozowski, fratello di quel Wincenty con cui Dagny aveva viaggiato prima del ritorno in Norvegia dopo la parentesi parigina, si suicidò avvelenandosi. I suoi debiti furono saldati da Władysław Emeryk, rampollo di una ricca famiglia proprietaria di una miniera che in realtà stava fallendo e vecchia conoscenza della coppia, che aveva invitato presso la sua dimora a Tbilisi in Georgia. Emeryk era un giovane idealista, emozionalmente instabile, che adorava alla follia la coppia di sposi e aveva aiutato lautamente i due con donazioni di denaro. Innamorato da sempre di Dagny, sulla cui figura riversava tutto il suo idealismo romantico, Emeryk aspirava a essere un nuovo Onegin o Peçorin, e declamava con ardore le liriche del poeta polacco Juliusz Słowacki.

Il 26 aprile del 1901 tutto era pronto per la partenza ma, come di consueto, Stachu cambiò idea, e quindi Dagny dovette partire da sola con Zenon ed Emeryk; Stachu avrebbe dovuto raggiungerli dopo con Iwa. Il viaggio verso Tbilisi durò tre settimane toccando Kiev e Rostov. Quando il 18 maggio 1901 i viaggiatori arrivarono al Grand Hotel di Tbilisi, Dagny fu costretta a farsi registrare come sorella di Emeryk visto che era sprovvista del passaporto – che Stachu avrebbe dovuto inviarle poco dopo la partenza. In una lettera a sua madre Dagny racconta le sue impressioni della città:

> Dunque siamo in Asia a Tbilisi. Qui è magnifico, sai, ed è un posto interessantissimo, come si può immaginare. La città è circondata da montagne altissime e abitata da Georgiani, Armeni, Persiani, di tutte le nazionalità immaginabili. La vegetazione è magnifica, alberi in fiore dappertutto e rose – rose in siepi che crescono dappertutto a spalliera. Zenon è felice, raggiante e sano come un pesciolino in uno stagno. Tutto lo interessa! Ha una cultura unica nel sangue. [...] Non so ancora con certezza quando Stachu verrà con Ivi. È probabile che faremo ancora un giretto prima che vengano.

Ma l'attesa fu vana. Stachu non le inviò né il denaro né il passaporto che aveva promesso. Nella sua ultima lettera al marito scrisse:

> Sto per impazzire. Neanche una parola da un mese. Ho telegrafato a Cracovia, a Leopoli, a Varsavia. Nessuna risposta. Va

Konrad Krzyżanowski, Ritratto di Dagny, *1901*

bene! Domani partiamo da Tbilisi per andare da un socio di Emeryk dalle parti del Mar Nero. È chiaro che io non possa sistemare nulla prima di avere ricevuto tue notizie. Il mio indirizzo è sempre Grand Hotel, Tbilisi. Molto importante! Devi assolutamente mandarmi per posta il mio passaporto e quello di Zenon. Ci potrebbero essere grossi guai per me. Avevi promesso di mandarmeli dopo due giorni! Ti chiedo con urgenza: Mandameli per posta! Emeryk ti abbraccia molto! Sono perplessa, totalmente perplessa. Zenon ti bacia.

Dagny era bloccata a Tbilisi col venticinquenne Emeryk. Mentre i giorni passavano, Dagny capì che dietro il viaggio c'era un piano ben architettato. I due discussero di compiere un suicidio collettivo, ma, secondo Emeryk, il lato materno di Dagny ebbe la meglio e avrebbe detto al ragazzo: «Se mi uccidete, vi odierò per sempre».

Il 5 giugno del 1901 il soggiorno nell'hotel prese una piega tragica. Approfittando di un momento di riposo di Dagny, probabilmente narcotizzata, Emeryk condusse Zenon in un'altra stanza dell'albergo presso un conoscente, rientrò in camera, chiuse a chiave la porta ed esplose un colpo in testa a Dagny dormiente con la pistola che Stanisław Brzozowski gli aveva lasciato in eredità dopo la sua morte. La adagiò poi sul letto e rivolse l'arma verso di sé.

La notizia dell'omicidio-suicidio apparve nella rivista «Kaukasus» due giorni dopo la tragedia. Dagny fu sepolta nella zona cattolica del cimitero di Kukiskij nel giorno del suo trentaquattresimo compleanno, l'8 giugno. Un'amica di Dagny andò a prendere Zenon per riportarlo a Varsavia.

Emeryk lasciò cinque lettere sigillate, scritte prima dell'omicidio, da cui si evince lo squilibrio mentale del giovane e la predeterminazione dell'atto.

A Stachu scrisse:

> Che posso dirti? Non molto. Ho fatto quel che avresti dovuto fare tu. Lei aveva capito tutto. All'inizio fu d'accordo, ma poi il lato materno ebbe la meglio. Ama troppo Zenon. Dovrò rimandare il tutto e ucciderla quando meno se l'aspetta. Voleva scriverti che sa che l'avrei uccisa, che la ritiene l'unica soluzione, e che doveva accadere. Voleva scriverti che ti ama e che ti amerà per sempre. Per tutta la sua vita non ha amato altri che te. Devi sapere che ti ammiro, ti adoro, ti amo. Eppure so che tu mi maledici, ed è questa la mia grande disperazione. Stach, la uccido per il suo bene. Oh, se potessi evitare di maledirmi.

L'omicidio di Dagny dunque era stato pianificato nei dettagli già tempo prima, come si evince anche da una lettera del 29 maggio 1901 di Emeryk all'amico Antoni Keller – in cui il giovane dà le disposizioni per il funerale di Dagny – ma non sappiamo quanto fosse consapevole e coinvolto anche Stachu, il quale dopo la morte della moglie scrisse entusiasta alla Kasprowicz: «Mia cara, Dagny si è tolta la vita insieme a Emeryk. Leggi il "Kurjer Warszawski" del 5 o 6 giugno, così vedrai che dico la verità. Ti amo. Parto, prendo Zenon e torno». Probabilmente si aspettava che la moglie prima o poi avrebbe fatto un gesto sconsiderato, il che potrebbe indicare che Stachu *sperasse* in una soluzione simile mandandola via con Emeryk.

A Zenon, che leggerà la lettera rivolta a lui solo quattordici anni dopo, Emeryk scrisse:

> Caro Zenon!
> Ti sottraggo tua madre. Non so cosa ti riserverà la vita; chi diventerai, che opinione ti farai di lei. Udrai le affermazioni più

strane, ma le storie su di lei - sia presenti che, sicuramente, future - non potranno darti un'immagine completa, non potranno dirti la piena verità. Perché lei non era di questo mondo, era troppo eterea perché ognuno potesse catturare la sua vera natura. [Il racconto] *Am Meer* di tuo padre è la sua celebrazione più grande, ma non dice tutto. Non è compito mio farlo, ed è oltre le mie possibilità farti con queste poche parole una descrizione esauriente. Da altri verrai a sapere che si distingueva come l'unica incarnazione onnipotente dell'Assoluto, che era una divinità. Io mi limiterò a dire, più materialmente, che era santa. Era la nobiltà in persona, e inoltre possedeva quella nobiltà definita regale che sorge dallo spregio. Tu eri tutto per lei. Lei, l'unica e sola regina, s'inchinava umilmente davanti a te. Credeva che lo scopo del suo destino terreno fosse stato farti nascere. Te la sottraggo. Ti faccio un incessante, terribile torto. Forse ciò ti rovinerà la vita. Non posso fare altro, non posso fare altro per rispetto a lei.

Dopo la sua morte, circolarono molti pettegolezzi intorno all'accaduto e il nome di Dagny fu infangato[5]. Solo pochi si opposero alle calunnie, tra cui Munch, che in un'intervista al quotidiano norvegese «Kristiania Dagsavis» del 24 giugno

[5] Ritengo molto probabile che Strindberg si riferisca all'episodio della morte di Dagny quando, per bocca del conte Max, in *Le sale gotiche*, racconta: «"C'è stato di recente un giovane milionario che è partito in viaggio con la moglie di un altro. Un viaggio vero, in Oriente. Quando finalmente sono stati insieme, ecco che non hanno potuto. Perciò l'uomo ha sparato prima a lei e poi a se stesso". "Non hanno potuto?". "No! C'era scritto così nella lettera di lui al... marito, che era stato suo amico e che era tornato ad esserlo nell'attimo della morte!"»; cfr. August Strindberg, *Le sale gotiche*, a cura di Massimo Ciaravolo, UTET, Torino 2009, pp. 248-249.

Dagny nell'estate del 1893 a Kongsvinger

1901 ricordò i meriti di Dagny come musicista, scrittrice e mediatrice all'estero dell'opera sua e di Vigeland, concludendo:

> Camminava tra noi a schiena dritta e libera, incoraggiando e a volte confortando, come solo sa fare una donna. Tutto il suo aspetto aveva un effetto calmante e al contempo motivante davvero particolare. Era come se bastasse la sua vicinanza a dare nuovi impulsi, nuove idee, e l'urgenza di creare, prima assopita, si destava nuovamente.

È singolare come lo stesso Stachu, nei primi mesi della loro relazione, descrivesse con entusiasmo all'amico Paul la stessa carica ispiratrice della donna:

> Sì, non conoscevo l'amore, non conoscevo me stesso. Lei ha suscitato tutto quel che mi era ignoto, le cause inconsce dei miei comportamenti e delle mie azioni, quel che era il grande segreto della mia anima: in lei si incarnava il mistero della mia anima; sì, perché lei è il mio piacere intellettuale ed estetico più alto.

E in una lettera a Dagny poco dopo il matrimonio:

> Una natura come la mia risiede solo in te, perché tu sei il mio ideale più assoluto, più alto e intimo; tu sei ciò che sono, solo in modo più delicato, più aristocratico... In te e attraverso di te, io sono; ti devo tutto, senza di te non sono nulla. Sei il mio inizio e la mia fine, la mia folgore greve, il mio fuoco cosmico e tutto il resto – tutto il resto... Voglio che si sappia che tu mi hai creato, e voglio possederti come non ti ho mai posseduto; la tua anima nuda, tremante, i tuoi pensieri nudi e tremanti...

I figli della coppia furono adottati da Gudrun, la sorella di Dagny che viveva in Svezia. Zenon non ebbe mai più contatti col padre una volta lasciata la Polonia, Iwa incontrò Stachu agli inizi degli anni '20. Dopo la morte della moglie Stachu si sposò nel 1905 con la Kasprowicz. Morì nel 1927.

Le opere

Seppur breve e discontinua, la produzione di Dagny si innesta a pieno titolo nel filone del decadentismo e della letteratura *fin de siècle*[6], insieme ad alcune suggestioni gotiche alla Poe; è facile intuire che la sua scrittura sia stata influenzata dall'atmosfera che si respirava al Ferkel e dai discorsi degli artisti che lo frequentavano, tuttavia la scrittrice aggiunge sempre un tocco personale – spesso biografico – alla sua narrazione. Negli scritti di Dagny protagoniste sono le donne, figure femminili non idealizzate, dal carattere risoluto, che si rifiutano di essere innocenti, di essere bambine, di avere un valore solo perché «buone», che cercano di liberarsi da una condizione di sudditanza nei confronti degli uomini, che prendono decisioni coraggiose – se non criminali –, superano i confini e accettano le conseguenze tragiche delle loro scelte. Ma anche donne dalla psiche labile, ossessionate dall'aldilà, angosciate dalla presenza costante della morte e della colpa, con una predilezione per gli uomini forti; giovani che si abbandonano alla seduzione e rischiano tutto per amore: in questo rivediamo dei tratti dell'autrice. I triangoli amorosi, presenza costante nei suoi drammi, rimandano a

[6] Cfr. Per Thomas Andersen, *Norsk litteraturhistorie*, Universitetsforlaget, Oslo 2001, p. 320.

un'idea d'amore trasgressivo e senza compromessi, eppure legato indissolubilmente alla morte[7]. Guidate dalla passione, le protagoniste delle opere di Dagny rivendicano anche una loro volontà del male, non estranea alle donne, ma all'epoca raramente discussa in modo così diretto e senza alcuna valutazione morale[8]. I paesaggi che fanno da sfondo ai suoi racconti, ai suoi drammi e alle sue poesie sono permeati da una natura drammatica: cascate vertiginose, tempeste che infuriano, fiumi di sangue, vette di montagna, boschi bui; da una atmosfera notturna e crepuscolare: le azioni si svolgono di notte, all'imbrunire, dopo il tramonto, mai al sole; e da scenari da romanzo gotico: cripte, *revenant*, fiori velenosi, catafalchi e stormi di corvi. Nei racconti di Dagny, come gusto tipico di fine secolo, si indugia più sulla descrizione che sull'azione[9], le scene sono ancorate più al sogno che alla realtà, e il potere mortifero dell'eros sovrasta ogni decisione.

La prosa

L'esordio letterario di Dagny avviene nel dicembre del 1893 a Berlino, come da autografo apposto dalla scrittrice al manoscritto di *Rediviva*, trovato solo nel 1976 tra le lettere di Munch conservate nel museo dedicato al pittore a Oslo da Martin Nag e pubblicato nel 1977 nella rivista «Arbeiderbladet». È bene sot-

[7] Cfr. Anne B. Rønning, *Decadence and Female Subjectivity in Dagny Juel's Prose Poems*, in Pirjo Lyytikäinen et al. (a cura di), *Nordic Literature of Decadence*, Routledge, New York-London 2020, p. 158.

[8] Cfr. Brandt, postfazione a *Dagny Juel, Flügel* cit., p. 87.

[9] Su questo punto si veda Luca Taglianetti, postfazione a Ola Hansson, *Sensitiva amorosa*, Lindau, Torino 2023, p. 83.

tolineare come sia abbastanza bizzarro, ma anche inquietante, che la protagonista del racconto sottragga l'amato a una donna che poi morirà di consunzione, come succederà anni dopo con il triangolo Dagny/Stachu/Marta Foeder[10]. Possiamo solo supporre che Dagny fosse stata scioccata dalla morte di Marta e in qualche modo, ansiosa per il destino tragico della donna, scrivesse nei suoi drammi dei suicidi delle protagoniste cui viene tolto l'amato[11]. Ed è anche strano che Dagny parli della «storia della sua vita», come se, di nuovo, presagisse già che la presenza di una terza persona all'interno della relazione sarebbe stata una costante della sua esistenza. È evidente, come dicevamo, l'impronta di Poe nei suoi racconti – anche se c'è un cambio di genere nei protagonisti defunti dei loro racconti, da Ligeia, Lenore, Annabel Lee ecc. si passa ad anonimi uomini, passivi e spesso relegati sullo sfondo delle storie[12] – ma è azzardato ipotizzare che Dagny fosse stata precipuamente influenzata dai suoi scritti. Di sicuro, l'autore americano era un argomento molto discusso nella cerchia del Ferkel, tant'è che Ola Hansson, uno degli accoliti del gruppo, pubblicò nel 1889 un articolo importantissimo sullo scrittore, che di fatto

[10] Martin Nag (*Kongsvinger-kvinner og verdensborger. Dagny Juel som dikter og kulturarbeider*, Kongsvinger 1987, pp. 15-18), pensa che il racconto, circolante in copie manoscritte tra i conoscenti di Dagny, avesse influenzato Ibsen nella stesura del suo dramma *Når vi døde vågner* (*Quando noi morti ci ridestiamo*, 1899) per la descrizione del triangolo tra i protagonisti Irene/Maja/Rubek. In un esemplare del dramma del 1906 circa Ibsen a margine aveva scritto «Ducha e Stachu».

[11] Cfr. Norseng, *Dagny* cit., p. 79.

[12] Cfr. Linn C. Hovelsaas Nerli, *Gotisk modernisme og kvinnelig subjektivitet i Dagny Juel Przybyszewskas forfatterskap*, Masteroppgave, Universitet i Oslo, Oslo 2011, p. 18.

introdusse l'opera e le idee di Poe in Scandinavia [13], e il titolo di uno dei racconti di Poe, *The Fall of the House of Usher* (*La caduta della Casa Usher*, 1839), compare nel suo primo dramma. Un'altra fonte potrebbero essere stati i racconti di Jens P. Jacobsen, che con il suo *Niels Lyhne* (1880) era assurto a pioniere della nuova letteratura degli anni '90 e, di nuovo, era molto dibattuto nel cenacolo berlinese. Nel racconto *Et Skud i Taagen* (*Uno sparo nella nebbia*, 1874-1875), Agathe, l'amante di Henning, il protagonista del racconto, ritorna dall'aldilà, poco prima della sepoltura, per vendicarsi dell'uomo che l'ha lasciata morire con la sua crudeltà: nella scena finale, avvolta da una fitta nebbia, lo strangola a morte. Ma molto più simile a *Rediviva* è un episodio nel racconto *To verdener* (*Due mondi*, 1879), in cui una donna, dopo essere affogata nel fiume, si presenta alla protagonista: «Di giorno nel suo letto, di notte in un angolo della stanza», come eterna maledizione [14]. Harald Naess definisce *Rediviva* una storia di «amore illecito», «assassinio psichico» (per usare una frase di Strindberg) e «tormento spirituale» [15].

I quattro poemi in prosa, gli unici pubblicati in vita nel periodico «Samtiden» nel 1900, definiti da Wærp «onirici e allucinatori» [16] furono scritti in Spagna, come riportato in una lettera del 1898 da Dagny all'amica Margarethe. La forma scelta del racconto in prosa, episodico, potrebbe essere stata mutuata dai *Petits poèmes en prose* (*Lo spleen di Parigi. Piccoli*

[13] Cfr. Ola Hansson, *I profeti. Saggi su Poe, Nietzsche e Böcklin*, a cura di Luca Taglianetti, Inschibboleth, Roma 2025, pp. 23-84.

[14] Per entrambi i racconti, cfr. Jens P. Jacobsen, *Doktor Faust e gli altri racconti*, traduzione di Bruno Berni, Edizioni dell'Altana, Roma 2001, pp. 68-69, 73.

[15] *A History of Norwegian Literature*, a cura di Harald S. Naess, University of Nebraska Press, Lincoln 1993, p. 178.

[16] Henning H. Wærp, *Prosadiktet i Norge 1890-2000. En antologi*, citato in Rønning, *Decadence and Female Subjectivity* cit., p. 159.

poemi in prosa, 1869) di Baudelaire: l'autore francese aveva creato un vero e proprio genere con i suoi poemetti in prosa ed era conosciuto e stimato dal circolo del Ferkel. A differenza dell'opera baudelairiana, però, i raccontini di Dagny mancano di un vero e proprio titolo – escluso il terzo racconto, *All'imbrunire* – che è di volta in volta sostituito da una citazione letteraria. I quattro racconti, definiti «frammenti» nell'edizione norvegese degli scritti di Dagny [17], possono essere letti singolarmente e, sebbene alcuni temi, come vedremo più avanti, ritornino nei vari episodi, manca una sequenzialità [18].

Nel primo racconto Dagny prende in prestito un verso, leggermente alterato [19], della poesia *Mein Trinklied* (*Mio canto conviviale*, 1895) di Richard Dehmel, uno degli animatori del Ferkel. Anche in questo caso, come da prassi decadente, gli argomenti principali sono la morte, l'amore e l'ossessione. Una donna si ritrova libera dopo il decesso dell'amato che la opprimeva con il suo amore totalizzante. Oggettificata dall'uomo, consegnata a un ruolo che non sente suo, la ragazza finalmente può acquistare una parte attiva nella sua vita e tornare a desiderare un amore vero [20]. Tuttavia, nonostante il

[17] Rønning (*Decadence and Female Subjectivity* cit., p. 169, nota 13) è contraria a questa denominazione, poiché i racconti non hanno un finale aperto, come in uso nella tipologia frammentaria.

[18] Norseng, nella sua biografia (*Dagny* cit., p. 94), pensa che i racconti seguano un ordine cronologico in cui Dagny lotta per trovare «i semi del suo essere», ma un errore di interpretazione del secondo poemetto ne inficia tutto l'impianto teorico. Cfr. anche Rønning, *Decadence and Female Subjectivity* cit., p. 170, nota 18, che è dello stesso avviso.

[19] Secondo la Norseng (*Dagny* cit., p. 95), Dagny inverte i sostantivi «Vita» e «Morte» dell'originale tedesco per dare risalto alla vittoria della morte sulla vita, rispetto alla poesia originale che invece invitava a celebrare la vita prima che giunga la morte.

[20] Nerli, *Gotisk modernisme* cit., p. 25.

corteggiamento di altri, la ragazza – il cui sorriso enigmatico ricorda quello di Dagny, come riportato da alcuni biografi – vuole solo vivere nella spensieratezza dei suoi sogni. Ad un certo punto però, il suo cuore torna a bramare la presenza di un'altra persona, e proprio mentre cerca nella folla uno sguardo che possa riaccendere il suo desiderio, rincontra gli occhi del suo defunto amato. Spaventata, da quel giorno la ragazza evita gli sguardi altrui per non ritrovare quegli occhi; è l'inizio della follia... Un giorno vicino al mare ode la voce del suo amato tra le onde e, pur fuggendo in terre lontane, non riesce a dimenticarlo. Lo stesso succede nel finale del racconto: la protagonista sente il battito del cuore di lui risuonare nel suo petto, insieme alle onde del mare, in una unione con la natura che tornerà spesso anche nelle poesie, e si arrende, capendo che è inutile cercare di fuggire, di dimenticare, rassegnandosi a passare la vita a venerare l'immagine del defunto amante, la stessa maledizione – così definisce l'idolatria che l'uomo aveva per lei – che aveva colpito lui in vita. Il verso di Dehmel potrebbe, quindi, rappresentare una specie di anticipazione dell'argomento trattato dal racconto: un canto di vittoria della morte sulla vita, così com'è del resto la realtà dell'episodio.

Il secondo racconto si apre con una citazione leggermente modificata della poesia *Âme* (*Anima*, 1889) di Maurice Maeterlinck[21]. La musica, così importante per Dagny, è protagonista della narrazione: una donna canta mentre il suo amante la ascolta comodamente seduto. Durante il canto, presa dall'estasi della melodia, l'anonima protagonista si dimentica di sé e in qualche modo svela la sua anima, i suoi sogni, abbas-

[21] L'epigrafe fu usata anche da Stachu ad apertura della sua raccolta di poemi in prosa *In diesem Erdenthal der Thränen* (*In questa valle di lacrime*, 1900).

sando tutte le sue difese, dinanzi al suo uomo. Questo denudamento la imbarazza e cerca di riconquistare il controllo di sé, spaventata di cosa penserà l'altro, ma fortunatamente lui ha solo, distrattamente, sentito la sua tecnica, non la passione profusa nel canto. Se da un lato, colpisce che Dagny abbia voluto descrivere la storia di una cantante, ruolo afferente più alla sorella maggiore Ragnhild, che aveva studiato canto a Parigi, che a lei, come visto brava pianista, dall'altro il racconto potrebbe simboleggiare – inconsciamente? – la scarsa considerazione di Stachu per il suo talento, perché troppo concentrato a considerare solo sé stesso come artista. E dunque la donna si sente in impaccio perché ha rivelato ciò che per modestia ha sempre cercato di nascondere, ossia il suo brillante lato artistico. Ma l'uomo è cieco dinanzi a tutto questo. Oppure, come scrive la Rønning[22], la donna è in attesa, come la Nora di Ibsen, del «meraviglioso», ossia, che il marito si accorga della sua vera anima, ma ne rimane delusa – da qui la *tristesse* della citazione – perché una donna che canta al piano deve solo intrattenere e non può mostrare sé stessa e la sua arte[23].

Il terzo racconto, la cui origine sembra da ricercarsi in un testo scritto da Dagny a seguito del regalo di una tuberosa da parte della poetessa Ida Auerbach, presenta, come dicevamo, non solo un titolo, ma anche un cambio tematico. Qui

[22] Rønning, *Decadence and Female Subjectivity* cit., p. 156.

[23] Anche Niels Lyhne, protagonista dell'omonimo romanzo di Jacobsen, rimane turbato dal canto della cugina Fennimore in cui «si esprimeva libera, senza ritegno, anzi, era tentato di dire, quasi senza pudore, come se cantasse nuda davanti a lui!», preferendola invece «quand'era china su qualche lavoro di cucito»; cfr. Jens P. Jacobsen, *Niels Lyhne,* traduzione di Maria Svedsen Bianchi, postfazione di Claudio Magris, Iperborea, Milano 1995, pp. 165-166.

non si parla di morte e amori tragici, ma del rapporto quasi ossessivo della protagonista con i fiori: siamo ancora in piena atmosfera decadente. E non parrebbe strano pensare che i ricordi legati al tempo in cui spensierata la ragazza raccoglieva fiori siano gli stessi che Dagny aveva della sua adolescenza in Norvegia trascorsa nella tenuta di Rolighed, quando anche il desiderio di vita vissuta era qualcosa ancora da venire. Il passaggio di preferenza da una tipologia di fiore all'altra potrebbe correre insieme ai cambiamenti della sua esistenza. Proponendo una lettura psicologica del racconto, si potrebbe pensare che, come dicevamo, all'inizio la donna è felice nell'innocenza dei fiori raccolti a primavera, com'era lo stato d'animo di Dagny nella casa paterna. La transizione verso una predilezione per le rose rosse e fiammeggianti – le stesse rose che apprezzerà con ardore in Georgia – potrebbe indicare la nascita della passione erotica dopo il primo viaggio in Germania, da cui Dagny tornò completamente trasformata. Le successive calle e anemoni pallide e fredde non riscaldano il cuore avido di passione della ragazza, così come forse il suo animo non era acceso dai giorni passati a Kristiania con Christensen e gli altri artisti della capitale frequentati da Dagny prima della partenza per Berlino. Allora la ricerca di fiori oscuri e velenosi nelle tenebre del bosco, che soddisfino la sua brama d'irrequietezza – il lato oscuro dentro ognuno di noi descritto da Poe – potrebbe simboleggiare il periodo berlinese al Ferkel con Stachu e la *bohème* della capitale. E in effetti, la ragazza pone il fiore morboso sull'altare della sua camera, come Dagny aveva messo al primo posto la sua vita berlinese e adorava Stachu. Tuttavia, anch'esso è destinato a sfiorire e, dunque, a stancarla. Ma ormai è troppo tardi, sebbene non voglia più fiori, quindi forse non desideri più quella vita, di cui vorrebbe sbarazzarsi e che vorrebbe gettare a terra come il fiore del racconto, essi ormai continuano ad arrivare e ad aggredirla, a soffocarla... è un grido di aiuto di Dagny? Nel finale la ragazza si ridesta da queste fantasie e ritrova il suo vecchio fiore preferito[24], il fiore della sua anima, la stella della sua infanzia nominata nella sua prima lirica, che, ahimè, nella realtà non sbocciò mai per lei: Dagny non si risvegliò mai dall'incubo della sua nuova vita berlinese con Stachu. Il titolo rimanderebbe a quella zona d'ombra, crepuscolare, mortifera, che fa da sfondo alle sue storie.

L'ultimo racconto ci porta alle atmosfere gotiche di Poe. Il titolo, in italiano nell'originale, è una poesia del librettista Giuseppe Carpani musicata da Beethoven. Il testo della lirica è il canto del defunto che si lamenta della sua amata in lacrime e presente solo ora che lui è morto, e non mentre era in vita, quando lei invece era lontana dai suoi pensieri e scostante. Ed è proprio una cripta buia il luogo in cui la protagonista, dopo aver corso di notte per le strade ventose di una anonima città, si ritrova ad affrontare un mistero che ci tiene legati alla narrazione dall'inizio della storia. Dopo aver superato un lungo corridoio costellato da ritratti minacciosi, simili ai passaggi negli antichi manieri della letteratura horror e del romanzo gotico, si ferma in un'ampia sala mortuaria dove il cadavere dell'unica persona che poteva darle una risposta sull'enigma sconosciuto della sua vita giace su un catafalco. D'un tratto, mentre la donna si dispera per l'impossibilità di interrogare l'uomo, se lo ritrova dietro di sé resuscitato, in carne e ossa, e mentre lo supplica di parlarle, l'uomo ritor-

[24] Il ruolo dei fiori nelle opere di Dagny è spesso ambivalente: da simboli di morte, decadenza e oppressione a espressione della personalità della protagonista. Cfr. Jan Brodal, *Floral Motifs in Garšin and Dagny Juel: A Literary Parallel*, «Poljarnyj Vestnik», n. 5 (2002), pp. 102-118.

na nel suo stato catatonico, portando con sé, però, la giovane donna, che viene inghiottita dall'oscurità. La Rønning ha visto un collegamento tra questo racconto e il primo, che verrebbero quasi a formare un duetto: la donna era felice che l'amante fosse morto, il cui affetto lei non ricambiava in vita, ma ora è ossessionata dalla sua presenza evanescente. Quindi si dirige verso la sua tomba per avere una risposta su questa sua condizione, finendo, però, tragicamente la sua ricerca. L'ipotesi è suggestiva, Dagny stessa pubblicò i tre raccontini insieme nell'edizione polacca, con *All'imbrunire* a parte. Tuttavia il secondo racconto, a mio avviso, non rientrerebbe in una trilogia, come pure sembra suggerire la Rønning, visto che gli elementi di morte, ossessione, gli aspetti notturni e morbosi dei due episodi, sono assenti. Inoltre, il primo racconto sembra concludersi con la rassegnazione della donna, laddove nell'ultimo, invece, la ragazza cerca ossessivamente una risposta al suo stato. In più, nelle meditazioni della protagonista dell'ultima storia è adombrato anche un delitto, che non viene mai esplicitato nel primo episodio; non sappiamo se l'uomo sia morto di cause naturali o no. Il finale del racconto ricorda più il risvegliarsi all'improvviso da un incubo, e il resto della storia ha i contorni onirici di una visione di morte[25] indipendente dal primo racconto.

I drammi

La scrittura drammatica di Dagny ripropone in parte i temi già visti nella prosa. Al centro delle sue opere c'è sempre una disamina psicologica dei rapporti di coppia incrinati dalla

[25] Cfr. Nerli, *Gotisk modernisme* cit., p. 36.

presenza di una terza persona (viva o morta), che viene a precipitare gli eventi in una direzione tragica. L'amore, e la passione, sono visti in una prospettiva oscura, pericolosa, e rappresentano una forza della natura incontrollabile[26]. Le eroine dei drammi di Dagny soffrono di una incomprensione da parte dei loro mariti, che in qualche modo cercano di idealizzarle come angeli del focolare. Per questo abbandoneranno la comodità dell'amore dei loro uomini per degli amanti che invece le comprendono fin troppo bene e conoscono il loro vero lato erotico e oscuro.

Il primo dramma, *Den sterkere* (*Il più forte*[27]), dicevamo, fu l'unico che Dagny riuscì a pubblicare in vita su «Samtiden» nel 1896, la stessa rivista che ospitò poi le sue novelle. Sicuramente Dagny era a conoscenza che Strindberg avesse scritto nel 1888 un atto unico, messo in scena l'anno dopo, dallo stesso titolo, in svedese *Den starkare*, in cui due donne si confrontano su un terzo uomo per stabilire chi è tra loro la «più forte», ossia quella che è riuscita a conquistare il suo amore. Qui i generi sono capovolti: la sfida è tra due uomini. Nel primo atto notiamo subito che Knut, il marito di Siri, è una persona insicura che cerca mille conferme dalla moglie, un po' come nel primo raccontino delle prose di Dagny, in cui il defunto chiedeva con mille domande se lei l'amasse e con quanta intensità. Tor invece è il convitato di pietra, non viene nominato finché non si presenta in casa dei due, ma la sua ombra aleggia nella prima parte del dramma, ricordando un po' lo straniero del dramma ibseniano *Fruen fra havet* (*La donna del mare*, 1888) e, in tempi recenti, *Nokon kjem til a komme*

[26] Cfr. Ole M. Selberg (a.c.d.), *Dagny Juel. Synden og to andre skuespill*, Solum forlag, Oslo 1978, p. 17.

[27] Nell'originale l'aggettivo è al grado comparativo, non superlativo.

(*Qualcuno arriverà*, 1992) del premio Nobel Jon Fosse, in cui l'arrivo del vecchio amante è atteso e temuto, creando una tensione nervosa tra i protagonisti. La figura di Tor potrebbe essere ricalcata su quella di Stachu, la sua forte personalità, la vita che le farebbe condurre, «tra gente sempre nuova e strana, in posti sempre nuovi», ricorderebbero un po' l'esperienza berlinese e l'attrattiva *bohémien* dell'uomo, di contro alla placida vita familiare offerta da Knut, quell'esistenza che forse Dagny avrebbe condotto se avesse fatto un matrimonio borghese in Norvegia, come sua sorella Ragnhild. Ma a Siri/Dagny piace il «piede sul collo», piace essere dominata da uno spirito forte, e forse tra queste righe si può leggere il motivo dell'attaccamento di Dagny a Stachu nonostante le sue continue bugie, i suoi continui tradimenti e le promesse non mantenute. In una specie di masochismo, la protagonista disprezza la bontà del marito, invece dell'ardore malvagio del suo ex amante, come probabilmente Dagny allontanava da sé tutti i suoi adoranti corteggiatori, rimanendo fedele all'amore per Stachu. Ovviamente, nel finale, il più forte si dimostrerà Tor, che strapperà via la donna dalle braccia del marito, soprattutto perché Knut non lascia una libera scelta alla moglie, come invece capita nel dramma di Ibsen succitato.

Da una lettera di Stachu al suo editore polacco si suppone che Dagny abbia scritto tre dei suoi successivi drammi, quasi sicuramente *Synden* e *Når solen går ned*, nell'estate del 1897 a Kongsvinger, durante le pause felici e ispirate presso i suoi familiari. Tuttavia, sempre dalle parole di Dagny, un ulteriore dramma, probabilmente *Ravnegård*, fu scritto nell'estate del 1899, quindi forse una *pièce* è andata perduta o non è stata completata? Gli originali furono scoperti e pubblicati solo nel 1978.

Con il secondo dramma, *Når solen går ned* (*Al calar del sole*), pubblicato in polacco nel 1899, ritorniamo alle atmosfere gotiche di *Rediviva*. Anche in questo caso il senso di colpa di una morte non evitata – che ricorda di nuovo la fine della Foeder – assilla la protagonista sotto forma di un fantasma muto e onnipresente nella vita della donna. L'atto unico presenta, quindi, di nuovo un triangolo amoroso, simile in alcuni tratti al dramma *Rosmersholm* (1886) di Ibsen, in cui sono in gioco le forze di due persone. Purtroppo, un po' come nel dramma strindberghiano citato sopra, la più forte è l'ex amante, in questo caso proprio in virtù del suo decesso. Come nei racconti di Poe, e come in *Rediviva* e nel primo raccontino, la morte viene a dare una potenza ultraterrena, «psichica», che i vivi non hanno. Ivi, nome preso dalla secondogenita di Dagny, Iwa, si fa soffocare dall'angoscia provocata dal ricordo lucido del crimine, laddove Fin sembra non avere nessun rimorso dell'atto compiuto, forse come Stachu non era tormentato dalla morte dell'amante, tanto è vero che abbandonò anche i figli avuti da lei in un orfanotrofio senza pensarci due volte.

Dopo la morte di Dagny, il suo ultimo dramma, *Ravnegård* (lett. «Tenuta del corvo»), fu pubblicato in polacco nel 1902. Qui, oltre al consueto triangolo amoroso, che di nuovo ricorda un dramma di Ibsen, *John Gabriel Borkman* (1896), anche il paesaggio è investito di una carica drammatica. In un vecchio e buio maniero, durante un rigido inverno, tra venti che scuotono le porte e corvi che gracchiano sui tetti, sempre al pomeriggio o dopo il tramonto, s'inscena la tragedia familiare delle sorelle Sigrid e Gunhild. Gunhild è silenziosa, coltiva fiori strani, ha un'aurea sinistra, e sembra predire la sventura che colpirà la famiglia. Sigrid invece è allegra, bella, chiacchierona. Gunhild è associata alla luna e al lato soprannaturale, Sigrid al sole e al suo splendore. Thor, marito di Sigrid, è molto simile a Gunhild, e non ci si mette molto a capire che i due hanno avuto una relazione in passato. Su tutti loro troneggia la zia Åse, l'anziana saggia che intuisce subito la situazione di tensione erotica tra le nipoti e il nuovo arrivato. Anche Sigrid è ossessionata da un fantasma immaginario che la perseguita e chiede a Thor se la ama veramente: le stesse ossessioni, le stesse insicurezze che sconfiggono gli eroi e le eroine delle opere di Dagny tornano ciclicamente a marcare il decorso tragico della loro esistenza. Il confronto aspro sul finire del secondo atto ricorda in tutto il dialogo tra Tor e Siri di *Il più forte*: come la donna cercava di sminuire l'amore nei confronti del suo vecchio amante, denigrandolo e spergiurando sull'amore per l'attuale marito, così Thor accusa Gunhild di essere una sventura per sé e per la sorella, e di averla cancellata dalla sua vita, per poi essere sbugiardato continuamente, senza che lui neghi le affermazioni della donna riguardo al desiderio bruciante che ancora prova per lei – e al finto amore nei confronti della moglie. Alla fine Thor si arrende a Gunhild come Siri aveva ceduto a Tor – da notare lo stesso nome dei protagonisti – e la povera Sigrid, come l'amante caduta in mare in *Rediviva*, si getta nella cascata che tante volte l'aveva attirata verso il suo precipizio. Anche in questo caso il crimine commesso non è mai fattuale, ma accade a distanza, non c'è mai un «coltello» assassino. E i protagonisti, in nome dell'amore, superano qualsiasi senso di colpa, perché, seguendo i dettami di un determinismo schopenhaueriano, sono sempre convinti di servire un destino più in alto di loro che li obbligherebbe a stare insieme a ogni costo, come affermato da Dagny stessa in Spagna al filosofo Lutosławsky a proposito di Stachu.

L'ultimo dramma, *Synden* (*Il peccato*), fu pubblicato in traduzione ceca e letto a teatro a Praga nel 1898, mentre una traduzione in polacco apparve l'anno dopo. Per il nome del marito di Hadasa, Miriam (quindi maschile), Dagny si ispirò al nomignolo del critico letterario Zenon «Miriam» Przesmycki, amico di Stachu e dedicatario di uno dei suoi romanzi. Questa volta il triangolo amoroso non vede come protagonisti ex amanti o vecchie conoscenze, ma un corteggiatore spregiudicato che alla fine riesce a convincere la donna a cedere alle sue *avances.* Anche in questo caso c'è la contrapposizione tra un matrimonio tranquillo, in cui la moglie è regina e sovrana della casa, ed è amata e venerata dal suo uomo, e la possibilità della trasgressione, più affine all'animo avventuroso e passionale della donna, non per altro associata a una sirena. Come per i precedenti personaggi, Miriam è insicuro sulla natura del sentimento della moglie e le chiede se lo desidera veramente. Il peccato del titolo, quello imperdonabile contro lo Spirito, ossia, in questo caso, il tradimento, spinge Hadasa ad avvelenare l'uomo per preservarlo dalla scoperta della sua infedeltà. Non sappiamo se poi Hadasa si ucciderà, che cosa avverrà dopo, resta il fatto che anche in questo dramma, la persona scartata andrà incontro a un destino di morte.

La lirica

Le poesie di Dagny furono la sua unica produzione letteraria che non vide mai la luce, neanche in parte, mentre lei era in vita. Da una lettera di Stachu, sappiamo che molte di esse furono scritte tra l'autunno del 1896 e gli inizi del 1897, quindi nell'ultimo periodo del soggiorno berlinese poco dopo la morte di Marta Foeder, altre forse furono scritte dal 1897 o intorno al 1900. Tredici componimenti furono pubblicati nel 1975, nella rivista «Samtiden», che già conosciamo per precedenti pubblicazioni di Dagny, sempre da Martin Nag, e una quattordicesima poesia fu scoperta e pubblicata dalla Norseng nella sua biografia [28]. L'opera si apre con una citazione dall'*Art Poétique* (*Arte poetica,* 1874) di Paul Verlaine – sulla primazia della musicalità lieve e sfumata nell'elaborazione del verso – e da una dedica alla sorella terzogenita Astrid. La vena simbolista è evidente, come un debito d'ispirazione nei confronti di Obstfelder [29]; secondo la Norseng le poesie di Dagny «cantano il dolore e l'alienazione che riverbera per i paesaggi surreali dello spirito della poetessa [30] [...] sono tutti incubi esistenziali su un io diviso. Non c'è nessun amante perduto, nessuna anima gemella da cercare. Solo parti di sé, disseminate lungo questi paesaggi dell'anima, come membra perse in battaglia» [31]. Naess dice che «in queste poesie, Dagny si rivela come la vittima tormentata dall'angoscia esistenziale e sessuale, un'anima divisa e solitaria in perenne ricerca di una conclusione che le è sempre negata, di una tranquillità mentale che le sfugge sempre» [32]. «Un profondo tormento esistenziale [33]», com'è stato evidenziato per le liriche di Jacobsen, quest'ultimo, come abbiamo visto, fonte d'ispirazione per i racconti e, dunque, forse anche per le poesie, in cui i meandri dell'animo sono analizzati lucidamente, in cui l'interiorità «ripresenta il conflitto tra la vita e la morte» [34]. Ma,

[28] Norseng, *Dagny* cit., p. 100. Secondo Lishaugen (*Dagny Juel* cit., pp. 16-17) la poesia fu scritta a Tbilisi.

[29] Martin Nag, *Sigbjørn Obstfelder - uro og skaperkraft. En biografi,* Solum, Oslo 1996, pp. 194-195.

[30] Norseng, *Dagny* cit., p. 100.

[31] *Ivi,* p. 105.

[32] Naess, *A History of Norwegian Literature* cit., p. 179.

[33] Alessandro Fambrini, prefazione a Jens P. Jacobsen, *Arabesk,* a cura di A. Fambrini, Giardini Editore, Pisa 1986, p. 19.

[34] *Ivi,* p. 22.

a questi giudizi, non può slegarsi la componente biografica, preponderante come nel resto della sua opera – come abbiamo ampiamente dimostrato in precedenza.

Già a partire dal primo componimento possiamo intravedere un riferimento all'infanzia di Dagny, quando la «stella» pallida della sua anima, la sua passione, già ardeva sopra l'abisso del suo spirito, riflettendo le catene che la tenevano legata alla vita famigliare in Norvegia; la poesia si conclude con il desiderio che quella stella, quel vitalismo[35], ora staccati dal suo essere, possano riunirsi alla sua anima. L'episodio tragico della Foeder potrebbe aver ispirato l'immagine sfumata del sogno del fiume della quarta lirica, che rende rosso sangue un suo perenne ricordo oscuro e selvaggio, insieme alle visioni di rabbia e vendetta di un nome dimenticato. Vendetta che riappare come la mano di un cadavere che si allunga per ghermire l'io poetico e che incarna una paura costantemente in attesa sul ciglio della porta di casa, durante notti di tempesta, senza che la protagonista possegga i mezzi per eliminarla – come nei racconti e nei drammi del ritorno della defunta amante. Immagini di morte sono frequenti anche nelle altre poesie: paesaggi segnati da patiboli, lune insanguinate, rami ricurvi, acque torbide e fiumi di sangue in compagnia di pipistrelli, tempeste che uniscono cielo e terra nel ciclo eterno di vita e morte. Sembra che la stella dell'infanzia, che prima splendeva sull'arco del firmamento, ora si sia abbattuta sulla vita della poetessa, che i suoi giorni felici siano sempre funestati da «nuvole inquiete che s'inseguono» e che reprimono i suoi desideri, che i suoi sogni siano costan-

[35] Così è interpretata la stella simbolicamente in Hanne H. Nicolaysen, *Vitalisme i Dagny Juels lyriske diktning*, Masteroppgave, Universitet i Oslo, Oslo 2018, p. 36.

temente catturati nelle rete dell'incubo e che anche nel ballo i capelli, che prima erano una corona in fiamme, come il vestito di Dagny quando ballava, impallidiscano presto.

L'acqua che ha bevuto dal pozzo profondo – forse l'amore che ha provato per Stachu che avrebbe dovuto darle forza [36] – è diventata veleno nelle sue vene e nel suo cervello, e in alcuni componimenti, attraverso delle metafore, si descrive la morte della protagonista, che attraversa «per l'ultima volta il roseto» della vita, mentre nevica nel suo cuore, o si concede «l'ultimo ballo» nel vortice di foglie autunnali cadenti, o guarda delle farfalle che s'involano verso il sole per bruciarsi nel suo fuoco. Solo nell'ultimo componimento sembra ci possa essere una pace quasi implorata – come il silenzio che torna spesso invocato nelle sue liriche e nella poesia dedicata al figlio Zenon – dopo un lungo viaggio con «i suoi morti», le esperienze di vita, d'amore e di passione che l'hanno portata alla rovina [37]. Ma è la tranquillità dell'eterno oblio, di un mondo bagnato dal fiume della dimenticanza, dal Lete.

Tuttavia, come in tutto il resto della sua produzione, anche l'amore e il desiderio femminile, accanto alla morte, in quel contrasto tra *eros* e *thanatos*, giocano un ruolo fondamentale. Amore che non ha mai un valore unicamente positivo, o negativo, ma che incorpora in sé diverse sfaccettature, che provoca sia gioia che dolore, anzi, spesso è proprio ciò che è più vicino al cuore a provocare più sofferenza. Le protagoniste delle liriche sono sempre scisse tra la voglia di seguire il proprio istinto sentimentale e l'angoscia delle conseguenze di una tale scelta, scegliendo sempre la seconda soluzione,

[36] Insensato sembra il riferimento a Odino! (Nerli, *Gotisk modernisme* cit., p. 56).

[37] *Ivi*, pp. 50, 69.

di dare ascolto e seguito all'«eco selvaggia del desiderio» che cattura il cuore. Questo è, in definitiva, il tratto più marcato che unisce la straordinaria vita e le opere di Dagny Juel.

Luca Taglianetti

Edvard Munch, Le due sorelle al piano, *1892 ca*

Edvard Munch, Dagny Juel Przybyszewska, *1893*

Edvard Munch, Stanisław Przybyszewski, *1895*

Edvard Munch, Testa d'uomo tra i capelli di una donna, *1896*

Edvard Munch, Vampiro, *1893*

Edvard Munch, Gelosia, *1895*

Edvard Munch, Gelosia, *1913*

Edvard Munch, Gelosia II, *1896*

L'ECO SELVAGGIA DEL DESIDERIO

RACCONTI

Rediviva

Voglio raccontare la strana storia della mia vita. Forse non tutti la troveranno così strana – forse a qualcun altro è capitato lo stesso, ma non ne ho mai sentito parlare, e perciò credo di essere l'unica a dover guardare fisso questo destino orribilmente tragico e mistico.

Inizialmente, una felicità esistenziale infinita.

Lo vidi e nello stesso istante seppi che dovevo possederlo e che questo sarebbe stato il grande, profondo significato della mia vita. Sapevamo entrambi che dovevamo vivere insieme, affinché valesse la pena vivere.

Così diventai sua, lui divenne mio, e colei che si frapponeva tra noi – la uccidemmo. Non ci avvicinammo di soppiatto piantandole una pugnalata al cuore, no; e neanche le sparammo una pallottola in testa. No – no – no – sapevamo solo con sorridente certezza che doveva morire e che sarebbe morta – ci ostacolava – chiunque poteva capire che... non avevamo bisogno di lei... nessuno aveva bisogno di lei, e quindi la lasciammo deperire e morire. È abbastanza chiaro – era ovvio che doveva morire – e noi due eravamo così potenti nel nostro amore infinito... potevamo tutto, tutto si piegava dinanzi a noi.

Dunque lei era morta e noi eravamo liberi!

E la felicità giunse davvero, non si sottrasse al nostro amore spietato, ci seguì, ci abbracciò e ci sorrise, e io credevo che fosse la nostra autentica amica, nostra madre – adesso ho capito a quale gioco crudele stava giocando con noi.

E attraversammo tutti i regni e i paesi della felicità. Ovunque ci trovassimo, splendeva il sole e il vento soffiava più mite e sognante tra i fiori e le foglie.

E mai ci stancammo di questo amore, mai l'odio e il dolore s'insediarono tra di noi per metterci l'una contro l'altro – no, sarebbe stato piuttosto normale, non crudele, non abbastanza raffinatamente crudele. Lei, la defunta, era stata dimenticata, ricordavamo a malapena il suo nome, non aveva più alcun ruolo nella nostra vita.

Eppure – eppure – a volte qualcosa si aggirava nella mia mente, qualcosa di misterioso, una paura che a volte gridava di essere liberata – qualcosa del mio passato mi guardava con occhi pallidi ed enigmatici, e a volte riuscivo a leggere nei nuvoloni temporaleschi, nello strillo dei gabbiani sul mare, uno sdegno strano, penetrante, che suscitava angoscia.

E poi – poi giunse quella grande notte nera in cui mi svegliai e guardai e, paralizzata dalla paura, la vidi seduta sul bordo del letto. E nel mezzo delle tenebre, nel cuore della notte, vidi piuttosto chiaramente – con una raggelante, paralizzante certezza – che era lei.

Era risorta dai morti! Ora voleva vendicarsi – ora voleva soddisfare il suo odio, che noi credevamo morto con lei.

Ma non leggevo odio o desiderio di vendetta nei suoi lineamenti pallidi. Immobile, inespressiva, fissava per aria con occhi vuoti e cavi – come il destino stesso.

E da allora non mi ha mai abbandonato – ogni notte – ogni notte insonne di terrore, si è seduta accanto al mio letto, e non ho mai visto altra espressione sul suo viso segnato dalla morte, se non questa calma rigida – questa fredda, inesorabile inquietudine di morte.

E potevo alzare le braccia verso di lei e implorare e stare lì a minacciare: «Oh, vattene! Oh, vattene! Cosa vuoi qui? Cosa te ne viene? Che beneficio ne trarresti, se anche te lo restituissi? Non distruggere la mia vita – oppure distruggila, distruggila, basta che te ne vai!».

Ma si era stabilita sul serio in casa mia, giorno e notte era seduta accanto a me, e quando lui e io ci abbracciavamo, anche lei era lì con noi nel nostro abbraccio, e vedevo e sentivo le sue braccia fredde, mortalmente fredde, attorno a lui – attorno a me.

Ma lui non vedeva nulla, non sentiva nulla, e decisi di sfidarla – non dovevo permetterle di calpestare la mia felicità – mai e poi mai l'avrei tollerato.

La schernivo e la prendevo in giro: «Eh già, mia cara amica, in fin dei conti dev'essere la cosa peggiore per te vedere il tuo amato tra le braccia di un'altra! Cara, seguici pure, se ti diverte!». E le lanciavo uno sguardo sprezzante, trionfante, ridente, nell'istante in cui gli gettavo le braccia al collo e lo baciavo – ma il mio bacio diventava ghiaccio sotto quel terribile sguardo vuoto, sotto quella terribile, fatale indifferenza della morte.

So che non mi lascerà mai in pace – non si allontanerà mai da me – e sento che *dovrà* restare al mio fianco finché anche il mio battito non smetterà di pulsare, finché il mio sangue non si sarà raffreddato e la mia vista non sarà offuscata dalla morte, perché lei è il grande destino inesorabile e immutabile della mia vita.

Sing mir das Lied vom
Leben und vom Tode…[1]

Adesso era morto.

Seduta immobile, guardava in basso con curiosità il viso pallido dagli occhi chiusi.

Quanto l'aveva amata! Il suo amore l'aveva avvolta in vesti da regina, le aveva posto sul capo una corona regale invisibile, una corona di cui tutti sapevano, di fronte alla quale tutti s'inchinavano. I raggi luminosi dei suoi occhi le avevano intessuto un diadema sulla fronte, più fiero di qualsiasi altro mai indossato da sovrana reale. Era stata regina nel regno dell'amore, perché nessun uomo aveva mai amato una donna più di quanto lui l'avesse amata.

E adesso era morto.

Mai più avrebbe letto nei suoi occhi che lei era il sole intorno al quale ruotava la terra. Mai più avrebbe sentito il profumo dei fiori che il suo amore aveva coltivato intorno a lei. Quei fiori erano ormai appassiti, e la mano ossuta della morte le aveva strappato dalla testa la corona da regina.

Sedeva e guardava il volto tranquillo del defunto e pensava a tutto ciò che lui le aveva donato – a quanto poco lei gli

[1] «Intonami il canto di vita e di morte», in tedesco nel testo. Cfr. l'Introduzione.

aveva dato in cambio.

Era morto e lei sedeva senza lacrime, osservando quel volto irrigidito che un tempo era stato raggiante di felicità per lei. Si sentiva calma, sollevata, quasi contenta. Distese le braccia e respirò profondamente, come liberata da un pensiero doloroso.

Ah, i fiori del suo giardino d'amore erano cresciuti troppo rigogliosi intorno a lei, il profumo le aveva reso il respiro difficile, i viticci si erano avvolti intorno alla sua vita, fino a farla sentire legata mani e piedi.

Nei suoi occhi c'erano sempre mille domande: Mi ami? Mi ami adesso? Mi ami fino a tal punto... Si era sentita come una debitrice che non può saldare il suo debito. Si era sentita umiliata, mortificata da quella grande, insondabile passione che lei stessa non aveva la capacità di provare.

E adesso era morto, e lei distendeva le braccia in uno stato di benessere, come chi si sveglia da un incubo.

Lui le aveva eretto un muro ricoperto d'edera intorno alla vita, costringendola a vedere solo lui, lui, lui. Adesso lo avrebbe abbattuto e si sarebbe aperta ai quattro venti.

E il tempo passava.

Raramente pensava a lui, al morto, e non ne sentiva la mancanza. Era giovane, e la sua bellezza era di quella varietà e mutevolezza che affascina e cattura l'immaginazione. Il suo sorriso era colmo di enigmi, e molti erano coloro che bramavano risolverli.

Ma i suoi desideri percorrevano ampi sentieri, e il suo sorriso era l'eco dei suoi stessi pensieri. Godeva la libera vaghezza dei suoi sentimenti, le continue maree dei suoi pensieri.

Non desiderava l'aquila le cui ali superbe potessero portarla fino alle nuvole, né l'usignolo che cantasse le lodi della sua bellezza. Voleva riempire la vita con la ragnatela color arcobaleno dei suoi stessi sogni.

E il tempo passava.

E giunse un giorno in cui il suo desiderio cominciò a cercare un obiettivo, un abisso in cui poter sprofondare. Giunse un giorno in cui il suo cuore cominciò a desiderare il forte battito di un altro cuore. E cominciò a guardare con bramosa ansia negli occhi che cercavano i suoi.

Poi un giorno incrociò uno sguardo. L'arse come una fiamma. Chiuse gli occhi confusa, accecata.

Conosceva quel modo di guardare, che la conquistava con la sua potente tenerezza. Aveva già sentito quella fiamma divampare intorno al suo cuore.

Ma dove? Quando?

E passò giorni e notti a meditare su questo mistero, su quegli occhi che la riempivano di terrore, ma al contempo di un desiderio morboso mai provato prima.

E d'un tratto comprese… Erano i suoi occhi! I suoi! Quelli del morto! Erano gli occhi dell'uomo che l'aveva amata così intensamente, al punto che persino dopo la morte il battito d'ali del suo amore la seguiva nella vita.

Era venuto a chiederle se davvero lei lo avesse lasciato cadere come una foglia appassita, se avesse seppellito il ricordo di lui e del suo amore insieme al suo corpo rigido.

No, non voleva vedere quegli occhi imploranti, adesso non voleva che le venisse ricordata la sua colpa. Ed eludeva ogni occhiata proprio per evitare di incontrare quell'unico sguardo con la sua domanda infuocata, alla quale non voleva cercare risposta.

E il tempo passava.

Gli occhi interrogativi erano di nuovo scomparsi dalla sua esistenza. Si erano chiusi di nuovo di fronte al dolore e alla rabbia della vita. Non rifletteva più sulla triste accusa di quegli occhi.

Poi un giorno udì la sua voce.

Impallidì dall'orrore. Da dove proveniva quella voce? La sua voce?

No, no, non poteva essere vero. Era stato il canto cupo del mare ad aver ridestato alla vita un ricordo della sua anima. Tante volte aveva camminato con lui lungo la spiaggia, aveva sentito così spesso la sua voce parlare del suo amore al ritmo delle onde che si alzavano e si abbassavano... Ma no, adesso l'udiva di nuovo... non era il mare, era lui, lui che le sussurrava all'orecchio che non era morto, che non poteva mai morire, perché il suo amore era più forte della vita e della morte, perché il suo amore era immortale.

Fuggì spaventata da quella voce proveniente dal regno dei morti. Viaggiò per mare e per terra per non ricordarsi di lui, del suo sguardo, del suo amore che era più forte della vita e della morte.

Indurì il suo cuore, e un giorno, ridendo, gettò il suo anello in mare.

Allora udì il cuore di lui battere. Ascoltò. Conosceva quel battito febbrile. Tremò.

Come palpitava, quel cuore grande, insondabile, che aveva pulsato solo per lei! Lo udiva nel mare, nella terra sotto i suoi piedi, nelle grandi montagne nere. E ora udiva il cuore malato di lui, colmo d'amore, battere dentro il suo. E sentiva le sue braccia avvolgerla e stringerla a quel cuore che non poteva morire, perché era così colmo d'amore.

E ora udiva soltanto lui, vedeva soltanto lui, lui ovunque. Sentiva la sua mano stringere la sua, udiva la sua voce sussurrare ripetutamente quanto l'amasse, come lei fosse tutto per lui, come nessuna morte, nessuna tomba potesse impedirgli di seguirla sempre, attraverso il tempo e l'eternità.

Aveva guardato in quegli occhi che avevano sempre cercato in lei un bagliore, una devozione che non avevano mai trovato. Aveva sentito il suo battito febbrile nelle sue stesse vene, il suo cuore che batteva all'impazzata nel suo stesso petto – e ora era afferrata dallo stesso desiderio morboso e disperato di lui, della sua vicinanza fisica, della sua passione. Era catturata dallo stesso insaziabile desiderio che a lui aveva avvelenato l'intera vita.

Allora s'inginocchiò in suo ricordo, in ricordo del suo grande amore. Gli eresse nel cuore un tempio e lasciò che tutti i suoi sogni, i suoi dolori e la sua nostalgia fluttuassero come incenso attorno alla sua immagine, l'immagine dell'uomo il cui amore, dopo la morte, aveva conquistato il suo cuore, il cui amore, dopo la morte, le aveva conferito il dono fatale del suo stesso desiderio.

Et la tristesse de tout cela,
oh, mon âme...[2]

Lei è in piedi accanto al pianoforte a coda e canta.

Lui è comodamente adagiato ad ascoltare.

Lei sta in piedi e canta, assorta, immersa in quell'unico e solo sentimento che solleva la sua anima tra le nuvole, nel sole. Tempo e spazio svaniscono in una nebbia luminosa, passato e futuro s'incontrano sulle vette azzurre dell'eternità.

E la melodia solleva le sue ali morbide e svolazza sognante nello spazio, cerca, cerca e ritorna con un sospiro.

Di nuovo solleva le sue ali bianche e, leggera come atomi di polvere, vola su tra le stelle e si posa tra di loro, essa stessa una stella.

E ora la melodia solleva le sue ampie ali e, maestosa, veleggia sul vasto, vasto mare, sopra monti e vette, più in alto, sempre più in alto, vertiginosa, dimentica di tutto, ah – adesso vola nel sole!

Il canto è interrotto, lei è in piedi pallida e lo guarda con occhi spaventati. Sente, sa, di essersi tradita, di essersi denudata attraverso il canto. Il suo dolore, i suoi desideri, che scagliano le loro frecce così lontano, ben oltre lui.

[2] «E la tristezza di tutto ciò, oh, anima mia», in francese nel testo. Cfr. l'Introduzione.

Ma lui non è pallido. «Hai cantato in maniera eccellente – dice soddisfatto –, non hai mai preso il sì naturale così bene prima d'ora».

All'imbrunire

Questo fiore, questo strano fiore... Vi si sedette accanto e lasciò che il suo stelo lungo e delicato le accarezzasse le ginocchia.

Il profumo la colmò di una gioia segreta. Lesse il proprio desiderio nei grandi, teneri occhi del fiore. Vi aveva ritrovato qualcosa dentro, qualcosa che aveva perduto, un suono, una melodia dell'anima. Cantava un inno che aveva dimenticato. Oh, era ferita come da un insulto, quando uno dei grandi occhi bianchi appassiva e cadeva!

E pensò a tutti i fiori variegati e profumati della sua vita. Li sentiva svolazzare intorno a lei come uccelli dalle mille ali e dai mille colori. Tutte le melodie avevano cantato, tutti i colori avevano intessuto sulle sue notti e i suoi giorni.

Ma quell'unico e solo fiore, mai visto prima, che una mattina stava impassibile e pensieroso nella sua stanza, con una corona di stelle lucenti intorno alla testa, cantava il colore e il desiderio della sua anima. E quando un'ondata del suo respiro la colpiva, si sentiva tremare e avvampare di felicità.

Molte stelle avevano danzato nella sua vita, scintillando come brina in un boschetto di abeti, danzando come le stelle sul fondo di un lago. Ma quell'unica stella solitaria era la sola stella santa della sua vita, la stella sopra la sua Betlemme...

Com'era giovane all'epoca e quanto distante dalla vita! Così distante che perfino il suo desiderio a malapena la raggiungeva. Si vide con le braccia piene di fiori, fiordalisi, azzurri come il suo stesso animo, azzurri come la sua spensierata anima primaverile. E gettava e spargeva i fiori intorno a sé, spargeva e raccoglieva... gialli tra i capelli, rossi intorno alle braccia, azzurri e bianchi... tulipani, viole, lillà... E il profumo le colmava i sensi, ma l'anima era assopita.

Poi giunsero i giorni delle rose. Nient'altro che rose, rose piene, pesanti, fiammeggianti...

Tutta la vita era un roseto, e lei ne respirava il profumo con ogni poro.

Ma quando le rose appassirono, si rallegrò. Le piaceva guardare i petali ingiallire ai bordi. Ne prese a piene mani e li lasciò cadere, uno dopo l'altro. Scosse la siepe tanto che una pioggia di petali pallidi e opachi le si riversò sulla testa. E vide che le rose erano nere, con i petali carbonizzati.

Allora camminò lentamente lungo ruscelli e brughiere, e colse i pallidi fiori di cera della brughiera dallo stelo lanuginoso, colse le calle bianche del ruscello dalle bocche dorate, colse le stelle marine e le anemoni di mare dalle braccia fredde e bagnate, che furtivamente s'insinuarono nel suo cuore avvinghiandovisi.

Ma poi si raffreddò, e una mattina sentì il suo cuore come un gelido cristallo bianco. Il luccichio l'accecò e desiderò fiori segreti, su cui nessun sole avesse mai brillato, fiori pericolosi che portavano veleno nelle loro vene, stordenti e incomprensibili.

E una notte, nel cuore della foresta, nel profondo dell'ombra, dove nessun raggio di sole poteva penetrare, trovò una pianta oscura e fatale dai petali irsuti e dai malinconici fiori a campana, di un colore preso dal cielo e dalla terra. Scrutò avidamente i suoi occhi velati, la strinse al petto e sentì di amare il suo alito velenoso.

Silenziosamente la portò a casa, la pose trionfalmente sull'altare maggiore e le offrì un sacrificio. E un brivido di gioia la pervase nel vedere il veleno colare, goccia a goccia, sul suo luogo più sacro...

Ma anche il suo superbo fiore velenoso appassiva, e quando ripiegò stancamente i petali, lo strappò furiosamente dal suo santuario e lo gettò in strada.

Adesso non voleva più fiori... Ma arrivavano, crescevano ovunque, le sciamavano intorno, svolazzavano per la sua stanza come uccelli dalle mille ali e dai mille colori. Gigli luminosi la lambivano con lingue umane ardenti, orchidee, crisantemi, cactus, oleandri... marroni, gialli, di un rosso strano, azzurri come la luminosa grotta delle fiabe. Il profumo la stordiva... li udiva sussurrare... ora vedeva l'intera schiera di fiori avanzare verso di lei... la spingevano, la schiacciavano, le soffiavano in faccia il loro terribile alito... stava soffocando... stava soffocando... oh!

Ma era sola e solo un fiore, il fiore della sua anima, le stava accanto. La accarezzava con il suo stelo lungo e delicato e la guardava con i suoi grandi occhi bianchi a stella.

Allora sentì il cuore battere di nuova felicità, sentì le sue corde vibrare sotto lo sguardo del fiore: la mia stella, la stella sopra la mia anima!

E la canzone si levò e riempì la stanza, e seppe che la sua felicità risiedeva in essa: la mia stella, la stella sopra la mia anima...

In questa tomba oscura...[3]

Con la testa china, si affrettava su e giù per le strade.

Era buio e il vento fischiava tra le alte case cupe. La spingeva in avanti come una nave a vele spiegate. Sapeva che non aveva senso resistere, sapeva di dover andare avanti, avanti, fino a raggiungere la sua meta.

Cosa stava cercando? Dove stava andando in quella notte terribile? Non lo sapeva nemmeno lei. Chiuse gli occhi e si lasciò trasportare passivamente.

Non conosceva la strada. Non conosceva quei silenziosi, oscuri testimoni delle gioie e delle tristezze umane. Guardava con timore quelle luci solitarie che brillavano febbrilmente nella notte e raccontavano storie di malattia – di amore.

Quelle luci segrete dietro alte mura scure, tra il verde sussurrante dei giardini, le ricordavano qualcosa della sua vita, della febbre che l'aveva spinta fuori quella notte.

Cosa voleva? Cosa l'aspettava?

Sapeva solo che quella notte si sarebbe risolto il mistero della sua vita, che quella notte si sarebbe trovata faccia a faccia con la gioia della sua vita, o forse – aveva commesso un crimine?

[3] In italiano nel testo. Cfr. l'Introduzione.

Rabbrividì. Aveva dimenticato tutto ciò molti anni prima. Aveva creduto che fosse morto e sepolto, ma ora, in quella notte nera, mentre la tempesta la trascinava fischiando verso una destinazione sconosciuta, sentiva a ogni tremendo secondo sempre più intensamente e più dolorosamente che quest'unica cosa aveva vissuto nella sua anima, aveva condotto una propria esistenza sotterranea, era diventata un fiammeggiante punto di domanda rosso sangue che chiedeva a gran voce una risposta, una liberazione.

E quella notte avrebbe affrontato l'occhio unico del destino e avrebbe ottenuto la risposta, la risposta.

D'un tratto si fermò. Ascoltò con ansia. Tutto intorno a lei era diventato così silenzioso e così buio, un buio senza fondo come quello della sua anima. Dove si trovava? Non era più per strada. Tremava d'aspettativa, sentiva di aver raggiunto la sua meta, che l'abisso si apriva dinanzi a lei. E fremeva dal desiderio di guardare in quell'abisso che, lo sapeva, l'avrebbe inghiottita.

Una luce brillava tenue e vide che si trovava in un'enorme sala. Il soffitto era alto quanto il firmamento e davanti alla porta, da cui proveniva la luce, c'era una sfinge di pietra addormentata.

Si avviò lentamente verso la porta aperta, dietro la quale, lo sapeva, il suo destino l'attendeva, pronto ad abbracciarla e a succhiarle il sangue, goccia a goccia.

Si trovò di fronte a un corridoio illuminato così intensamente che, all'inizio, ne fu accecata e stordita. Quando riaprì gli occhi, vide che entrambe le pareti del corridoio erano ricoperte di dipinti alti e scuri di persone, uomini e donne, che volgevano su di lei i loro occhi minacciosi, beffardi, tristi. Lesse in quei volti funerei un saluto, un'accoglienza terribile. Li vedeva annuire compassati con le loro teste pallide, e leggeva in quei tanti occhi imperscrutabili: vieni, avvicinati! Non sei ancora arrivata. Ti portiamo solo un saluto dalla meta che ti invita ad appressarti.

Con un brivido si ritrasse di fronte a quella fila di morti viventi. Il passaggio era così stretto che avrebbero potuto colpirla in faccia con le loro cadaveriche mani fredde, se solo le avessero tese. Adesso avrebbe dato la vita pur di ritornare nella notte e nella tempesta, ma ciò che la costringeva ad andare avanti era più forte della sua tremante paura della morte.

Doveva procedere attraverso il fuoco oscuro di quegli occhi vuoti, doveva andare incontro a nuovi, inimmaginabili orrori.

D'un tratto si ritrovò all'estremità opposta del corridoio. Stava di fronte a una profonda e tenebrosa cripta. Solo dal soffitto filtrava una luce fioca, verderame, che fluttuava pallida e sinistra intorno a un catafalco posto su alte colonne nere.

E ora vide che là, sul catafalco, immobile e in attesa, giaceva un cadavere, un uomo.

E ora stava accanto al catafalco e contemplava il suo volto, il volto la cui bocca avrebbe dovuto darle la risposta, l'unica, l'unica che la conosceva.

Ma la bocca era morta e muta per sempre, e quegli occhi, per i quali lei avrebbe sfidato tutti gli orrori della tomba per potervi leggere una volta, solo una volta, erano chiusi, chiusi per sempre.

E mentre stava lì, gettata a terra, a torcersi le mani in preda a una paura impotente, udì dei passi dietro di sé, passi che conosceva, passi che aveva amato. E quando si alzò di scatto e si voltò, lui era in piedi davanti a lei, lui che era sdraiato sul catafalco, lui che aveva la risposta. E la guardò con occhi grandi, vivaci, ardenti.

Lei mise le mani nelle sue e lo guardò avidamente negli occhi aperti. Tremando, sussurrò, senza fiato: «La risposta, la risposta, dammi la risposta, adesso!».

Sentì allora le sue mani diventare di nuovo fredde, il suo viso s'irrigidì in un pallore mortale, e i suoi occhi si chiusero pesantemente sotto il suo sguardo disperato.

Le mani di lui stringevano quelle di lei con fermezza e inesorabilità, e lei sentiva come avvizziva sotto la loro presa, sotto il suo sguardo morto, avvizziva come un albero in autunno, mentre la tempesta intorno a lei cantava di nuovo i suoi selvaggi salmi di morte e l'oscurità della notte l'avvolgeva per l'eternità.

DRAMMI

Il più forte

Personaggi

Knut Tonder, *medico*
Siri Tonder, *sua moglie*
Tor Rabbe

Atto Primo

Una stanza che dà su un giardino. In fondo porte aperte verso di esso. È estate. Verso sera. Siri. Knut.

Siri: (*cammina su e giù in silenzio. Con impeto*) È proprio impossibile per te dimenticare? Vogliamo permettere a questo incubo di opprimerci per il resto della nostra vita?
Knut: Come si fa a dimenticare qualcosa che ti turba in continuazione? Una volta ho letto di un uomo che era costantemente perseguitato dal suo stesso scheletro. Credi che lui l'abbia mai dimenticato?
Siri: (*rabbrividisce*) Il tuo scheletro comincia a farmi temere il buio. Vedo come fissa fuori dai tuoi occhi. Non oso quasi parlarti, io…
Knut: Ma non capisci che il tuo silenzio mi tormenta? Come se ti stessi nascondendo da me. Mi sei diventata così estranea e distante…
Siri: Ma poi se ne parlo, ti tortura il doppio. Pensi che non veda quanto soffri? Pensi che io sia così cieca?
Knut: No, no, mi fraintendi. Proprio il parlarne mi aiuta. Mi calma. Spesso vorrei che me ne parlassi in modo più dettagliato. Dimmi… dov'è adesso? È partito lontano, vero?
Siri: Sì, è partito lontano. Dove, non lo so.

KNUT: Non ti ha mai scritto?
SIRI: Perché mai avrebbe dovuto scrivermi?
KNUT: Forse è morto?
SIRI: Oh no, sicuramente non morirà così facilmente.

Pausa.

KNUT: Quando è stata l'ultima volta che l'hai visto? Mi interessa, sai… Raccontami un po' dell'ultima volta…
SIRI: Quando è stata l'ultima volta che l'ho visto?… Sì, è stato lo stesso giorno in cui è partito. (*Pensierosa.*) Ce l'ho davanti agli occhi… Ricordo, ero seduta a raccontargli una storia stupida che mi era successa all'albergo in cui alloggiavo. Stavo seduta e ridevo…
KNUT: (*alterato*) Stavi seduta a ridere…
SIRI: Già, stavo seduta lì e ridevo. Ma poi d'un tratto incrociai i suoi occhi… un paio di occhi stupiti, arrabbiati… (*Lentamente.*) E d'un tratto, come un lampo, mi resi conto che quella sarebbe stata l'ultima volta.
KNUT: L'ultima volta?
SIRI: Già, in quel momento mi sentivo così sicura, così stranamente sicura, che non lo avrei rivisto mai più. Non più in buoni rapporti.
KNUT: (*con amaro disprezzo*) E hai sofferto… vero?
SIRI: (*si volta improvvisamente verso di lui. Fa spallucce*) Cosa te lo fa pensare?

Pausa.

SIRI: (*ricomincia a camminare su e giù. Con durezza*) Davvero dev'essere tutto rovinato per il resto della nostra vita solo perché un altro uomo mi ha posseduta prima di te?

KNUT: (*trasalisce*) Ah, sai essere piuttosto brutale quando vuoi.
SIRI: (*con rabbia*) Brutale?
KNUT: No, mia cara, non intendevo brutale. Ho detto brutale? Sarebbe ridicolo. E poi... non sono affari miei. Solo una bella sfortuna non averti incontrato prima. Una bella sfortuna. (*Ride carico d'odio.*)
SIRI: (*smarrita*) Mio Dio, perché devi tormentarmi così! Perché devi tormentarci entrambi così! Non sei felice che ora sia tua? Non vedi che vivo solo per te, che penso solo a te.
KNUT: (*balza in piedi e la abbraccia*) Amore, mia amata, è tutta una commedia. Tutto questo. Non so neanch'io perché devo per forza tormentarti. C'è qualcosa nel tuo viso che mi spinge a farlo. (*Sussurra.*) Non sai, non hai idea di quanto ti amo!
SIRI: (*con affetto*) Certo che lo so. Lo so così bene. Ma... sei felice, Knut?
KNUT: Felice?... Non lo so, ma... Siri, dimmi... sei veramente mia?
SIRI: Se sono tua?
KNUT: Sei interamente mia? I tuoi pensieri mi appartengono?... Spesso ti sento così distante, così infinitamente distante da me. È come se di colpo ti perdessi. Ti ricordi ieri, giù in spiaggia? Eri così bella... Tutta la mia anima vibrava per te. Non ricordi come ti ho stretto la mano?... Ma tu... tu guardavi indifferente il mare.
SIRI: (*cupamente*) Ho avvertito la tua diffidenza e ne ho sofferto. Ecco perché mi sono allontanata da te.
KNUT: Sai di cosa ho paura?
SIRI: No.
KNUT: (*scrutando*) Se lui tornasse, tu lo seguiresti. Lui è forte e duro. Tu hai bisogno di essere sottomessa...
SIRI: (*rimane seduta un istante in silenzio. Poi si gira verso di lui. Sorride*) Allora sottomettimi...

KNUT: Siri, hai voglia di giocare?
SIRI: (*s'insinua nel suo abbraccio. Accorata*) Credi forse che io conosca una felicità più grande che stare con te? Non ho occhi per nessun altro che te, solo per te. Quanto sei bello e quanto sei buono. (*Con improvvisa paura.*) Che c'è? Perché d'un tratto sei diventato così silenzioso? A cosa stai pensando?
KNUT: (*forzatamente*) A niente... Niente. Solo un pensiero che mi è venuto in mente all'improvviso. Dimmi... quando hai amato per la prima volta... eri tanto felice? Voglio dire, raggiante. Non eri raggiante?
SIRI: (*si volta all'improvviso verso di lui e lo guarda a lungo. Dolorosamente*) Oh...
KNUT: (*rapidamente*) No, no, non voglio rattristarti. Mi hai frainteso, Siri, cosa c'è che non va? Sei arrabbiata con me?
SIRI: (*rabbrividisce*) Fa così freddo qui. Usciamo al sole... (*Va verso la porta aperta del giardino, ma si sorprende e si blocca.*) Chi può essere?
TOR RABBE: (*attraversa lentamente il giardino, sale i gradini della veranda, nota Siri e Knut e si ferma subito. Poi entra lentamente nella stanza*) Buongiorno.
SIRI: (*pallida. Indietreggia*) Voi! Siete tornato?
TOR: (*osserva Siri e Knut in silenzio per un po'. Rivolgendosi a Knut*) Mi chiamo Tor Rabbe.
KNUT: (*esageratamente amichevole*) Ah... è davvero gentile da parte vostra venirci a trovare. Ho sentito molto parlare di voi...
SIRI: (*nervosamente*) Che piacere rivedervi... pensavo foste in India o in Cina o chissà dove... sulla luna.
TOR (*si siede tranquillo di fronte a lei. La fissa con durezza mentre lei evita il suo sguardo*) Eh già, ho girato molto. Ho... cercato la felicità di un tempo, credo.
KNUT: Probabilmente serve a poco andare in giro a cercarla...

SIRI: (*scherza forzatamente*) E l'avete trovata la felicità poi? Ce l'avete portata qui a casa?
TOR: (*freddo*) Vi sembro un uomo che abbia trovato la felicità?
KNUT: Sì, già, la felicità... (*Cammina su e giù agitato.*) Adesso, d'altronde... Dovete scusarmi... ho dei pazienti che mi aspettano... *Au revoir*! (*Saluta con grazia ed esce a destra.*)

Pausa.

TOR: (*improvvisamente*) Sono qui da molto. Sono venuto a prenderti.
SIRI: (*fredda*) Troppo tardi.
TOR: Non è mai troppo tardi. Ma forse è troppo presto? Be', non importa. Posso aspettare.
SIRI: (*sorridendo*) Ci vorrà del tempo, troppo per voi. Vedo che i vostri capelli sono già grigi.
TOR: Già, me la sono passata male.
SIRI: (*ride*)
TOR: (*la guarda un attimo*) Sei cambiata molto. Ma proprio questo mi stimola. Sei una persona completamente nuova per me.
SIRI: Anche voi siete cambiato molto! Ma questo non mi stimola per niente. Non siete più così forte... e forse nemmeno così duro?
TOR: (*pensieroso*) Non ti porto con me per renderti felice. No, no... perché dovresti essere felice? Ma potrebbe essere divertente per me rivederti giovane.
SIRI: (*senza pensarci su*) Oh, sono più giovane di quando mi hai conosciuto. Molto più giovane. Non ho più il tuo piede sul collo. Solo adesso sono giovane.
TOR: Vi ho visti tante volte. Vi ho seguiti da lontano. Oh, com'è diffidente! E come ti ricorda sempre il passato. Praticamente

ti costringe a non dimenticarmi. È carino da parte sua, perché io non rinuncerò a te.

SIRI: (*arrabbiata*) Adesso sono stufa di questa commedia. Quanto poco mi conosci! Non ti ho dedicato un solo pensiero, nemmeno uno. Ho dimenticato tutto, tutto ciò che ci ha mai legato.

TOR: La prima volta che vi ho visti insieme... è stata al cimitero, in cima alla collina... mi è venuto da pensare all'autunno, alle foglie gialle, appassite, che cadono. Mi è venuto da pensare a qualcosa di morto...

KNUT: (*entra. Li osserva aspramente*) Ho dimenticato le sigarette... (*Cercando.*) Che sfortuna non esserci mai incontrati quando eravate qui, signor Rabbe. (*Offre a Tor una sigaretta.*) Mi permettete?... Eravate già partito sei mesi prima del mio arrivo.

TOR: (*prende con calma una sigaretta e l'accende*) Grazie...

SIRI: (*con fervore*) Knut, resta qui! I tuoi pazienti non possono aspettare un po'? Il signor Rabbe racconta cose molto interessanti.

KNUT: (*freddo*) No, no, non ho tempo. E comunque, ve la cavate benissimo senza di me.

SIRI: Come vuoi.

KNUT: (*esce di nuovo a destra*)

TOR: (*dopo che è andato via*) Guarda come non si fida di te. E tu hai paura, letteralmente paura, di restare sola con me. Come ti conosco bene. Conosco bene quel tremolio intorno alla bocca. Come quello di un bambino che trattiene le lacrime... Ma sai dominarti. L'hai sempre fatto. Non è facile leggerti nell'anima.

SIRI: Caro signor Rabbe, se state recitando una strana commedia e ciò vi diverte... allora non voglio privarvi di questo piacere. Ma se credete davvero di ottenere qualcosa, sarebbe

meglio rinunciare subito! Dio santo, è così inutile, così vano...
TOR: (*bisbiglia*) Ricordi la prima volta che ti ho chiesto di venire con me? Sapevo bene che avresti risposto «no», ma hai risposto «sì»... Sai perché?
SIRI: (*involontariamente*) No...
TOR: (*tranquillo*) Perché dovevi.
SIRI: (*trasalisce. Poi dice beffarda*) Sicuramente avevo bevuto troppo champagne.
TOR: Era tutto così misterioso, ricordi? Come ti eccitava, questa cosa proibita e peccaminosa...
SIRI: (*si alza*) Oh, di certo non riuscivi a leggermi nell'anima. Proprio tu hai appena detto che è molto difficile.
TOR: Il matrimonio è ben altra cosa, no? Tutto è così ben ordinato, così armonioso...
SIRI: (*carica d'odio*) E questo te lo ricordi? Forse ti sentivi offeso da me, probabilmente volevi punirmi, credo... Eravamo insieme in campagna... Non parlavi, non parlavi per niente. Per sette ore intere non ti sei degnato di dirmi una parola. Oh Dio, quanto ti odiavo!
TOR: (*pensieroso*) È abbastanza sorprendete che tu non sia mai riuscita a dimenticarmi.
SIRI: (*con rabbia repressa*) E una volta mi hai colpito, colpito e basta.
TOR: Oh, quanto desideri sentire di nuovo il mio piede sul collo!
SIRI: Che occhi malvagi che hai!
TOR: Del resto, dovresti davvero venire con me. È proprio la vita che fa per te. Sempre qualcosa di nuovo, posti nuovi, gente nuova e strana. Ti regalerò avventure mai sognate prima. E ti costringerò a dimenticare tutto ciò che è male.
SIRI: (*con una risata improvvisa*) Che divertente. Però, parlando sinceramente, odio essere scortese, ma...

TOR: (*si alza*) Ah, per oggi ne hai avuto abbastanza di me. Bene. Me ne vado. Ma tornerò. (*Seriamente e con forza*) Tornerò presto, e allora dovrai essere pronta a venire con me. Non rinuncerò mai a te. Sei ciò che voglio possedere.
SIRI: (*furibonda*) Ma non verrò con te, mai nella vita! Credi che ti permetterò di costringermi? Non devi venire più! Non lo voglio. Come sei pallido! Non fissarmi così. Adesso vattene, vattene, vattene... vai!
TOR: (*esce lentamente dalla porta sul giardino, scende i gradini. Poi esce velocemente attraverso il giardino.*)

Cala il sipario.

Atto Secondo

Stessa stanza. Siri. Knut.

SIRI: (*profondamente assorta davanti a un grande dipinto che sta su un cavalletto, con il retro inclinato rispetto al pubblico. Dopo una pausa*) Sai, penso che sia un quadro estremamente strano. Di solito la maggior parte dei dipinti mi annoia, ma questo ha un'atmosfera così affascinante e inquietante che non riesco a staccarmene. Mi fa sempre pensare a the House of Usher…

Pausa.

KNUT: Eh… ti interessa molto lui, vero?
SIRI: (*assente*) Ma… chi intendi?
KNUT: Intendo Grunnel, il pittore.
SIRI: Ah, Grunnel… Sì-ì, mi interessa.

Pausa.

KNUT: A volte ho la sensazione che tu goda, per davvero goda nel torturarmi. Naturalmente è solo una fantasia… o… forse è davvero così?
SIRI: (*fredda*) Che ne so.

KNUT: (*rabbioso*) Che dici?
SIRI: Dico che presto non saprò più dove sbattere la testa... Forse anche la mia grande passione per la pittura di Grunnel rientra nel torturarti?

Pausa.

KNUT: C'è una cosa alla quale ho pensato spesso, ma che non ho mai voluto chiederti direttamente.
SIRI: (*rivolta verso di lui*) Caro, chiedi! Di cosa si tratta?
KNUT: Allora... quando ci siamo conosciuti... insomma, eri ancora fidanzata con lui? A conti fatti eri evidentemente innamorata di entrambi, non è così?
SIRI: (*voltandosi, fredda*) Oh no, non proprio.
KNUT: Ti rendi conto almeno con quanta durezza e freddezza lo dici?
SIRI: (*di fronte a lui*) Dimmi, Knut, credi davvero sul serio che non ti ami più? Rispondimi con sincerità: lo credi davvero?
KNUT: (*esclamando*) Credere? Credere? Dio santo, darei volentieri la mia vita per poter credere di significare per te un decimo di quello che tu significhi per me! Vorrei solo poter avere per un giorno, per un'ora, la certezza che tu sia mia! Siri, Siri, se mi amassi davvero, dovresti aprirmi per un secondo la tua anima. Mi scivoli via, non riesco ad afferrarti. Nemmeno per un istante ti ho completamente. Mi escludi, tu...
SIRI: (*sussurra*) Caro, non sapevi che la mia anima è malvagia?
KNUT: (*la afferra forte per le spalle*) Perché mi tormenti? Perché vuoi vedermi soffrire?
SIRI: (*smarrita*) No, no, non voglio tormentarti. Non posso sopportare di vederti soffrire! Sei l'unico che è buono, l'unico che amo. Non mi credi? (*Tormentata.*) Perché mi scacci da te? Perché piuttosto non mi aiuti?

KNUT: Aiutarti?

SIRI: Ho sempre saputo di essere destinata alla sfortuna. Tu sei l'unico che può aiutarmi. E non vuoi. Non vuoi capirmi. Dio, come sei diffidente! Come sei diffidente! I tuoi occhi mi seguono sempre…

KNUT: Sai qual è la vera sventura? Che sono troppo insensatamente, infinitamente innamorato di te. Sono troppo schiavo tuo, un tuo oggetto. Tu lo sai… ed è per questo che mi disprezzi.

SIRI: Ti disprezzo? Ti disprezzo perché mi ami troppo? Dovrei disprezzarti per questo! Santo cielo… No, non c'è speranza, forse non riusciremo mai a capirci nella vita.

KNUT: Potessi guardarti solo una volta con quegli occhi costrittivi, imperiosi che… che lui osava rivolgere a te…

SIRI: Uh! Non ricordarmi quegli occhi terribili!

KNUT: Come sei diventata pallida! Temi il potere di quegli occhi terribili?

SIRI: Lo odio in modo indicibile!

KNUT: (*furibondo*) Sai dirmi cosa sta facendo realmente qui in città? Non è in compagnia di nessuno. Non conosce nessuno, non cerca nessuno. Cosa vuole? Perché non se ne va di nuovo?

SIRI: (*sussurra*) Perché è infinitamente malvagio!

KNUT: (*cammina su e giù agitato. Tormentato*) Non avrò né pace né tranquillità finché non se ne sarà andato via. Vivo in una paura eterna, una paura eterna. Se torna, te ne andrai con lui. Il mio intuito mi dice con certezza che andrai con lui. Ti sei come trasformata da quando l'hai rivisto. Sei così inquieta, così infinitamente triste. Sei così triste, come se dovessi morire. (*Con passione.*) Siri, è possibile che tu vada con lui?

SIRI: (*furibonda*) Mai! Mai! Preferirei morire piuttosto che andare con lui. Vuoi forse costringermi ad andare con lui? In

verità mi sembra che mi tu mi stia allontanando da te. Dici che mi ami, ma mi sembra che mi odi come la morte. Mi tratti anche peggio di lui…
KNUT: Siri, vagheggi. Dovrei odiarti? Dovrei augurarti del male? Io, che ti amo più della mia stessa vita. Dio santo, io, che forse sono l'unica persona al mondo che ti ama…
SIRI: (*fuori di sé*) Ma non capisci che il tuo amore è peggiore del suo odio? Non capisci che mi tormenti, che mi stai facendo invecchiare? Non mi è permesso amarti, non ho il permesso di essere buona con te! La tua eterna sfiducia mi rende furibonda… i tuoi occhi scrutatori mi perseguitano sempre…
KNUT: (*controllandosi a fatica*) Hai perso la testa. Non sai nemmeno tu quello che dici… Forse è meglio che adesso me ne vada, hai bisogno di stare da sola… (*Visto che lei non dice niente, lui esce lentamente da destra.*)
SIRI: (*fa un gesto come se volesse seguirlo, ma ci ripensa. Si accascia su una sedia e nasconde il viso tra le mani*)
TOR: (*dopo una pausa, sale lentamente attraversando il giardino ed entra nella stanza. Rimane fermo un attimo e la guarda. A voce bassa*) Siri…
SIRI: (*trasalisce e si volta con impeto verso di lui*) Tu! Cosa vuoi?
TOR: Lo sai già… (*Sussurra.*) Ti desidero così infinitamente, Siri.
SIRI: No, no, non vengo con te! Ti ho detto che non voglio. No, no, non posso. Non avrei più un attimo di pace. (*Implorante.*) Ti prego, ti supplico: adesso vattene, vattene!
TOR: Ti ho visto laggiù sul sentiero. Ti ho visto lì seduta, così assorta nei pensieri, e ho capito che ormai era giunto il momento. Sentivo che mi stavi aspettando.
SIRI: Quanto lo amo! Non hai idea di quanto sia buono.
TOR: Oh, quanta compassione hai di lui! Quanto ti fa male il dovermi amare!

SIRI: (*smarrita*) Non può vivere senza di me. Dovrei distruggerlo?
TOR: Oh, vedrai, vivrà di sicuro senza di te. Sarà a lutto per qualche anno e poi penserà a te come si pensa a una persona morta. (*Con impeto.*) Io invece, vedi, non vivrò senza di te. Guarda i miei capelli: sono diventati grigi dal desiderio di te. Guarda le mie mani: riesci a vedere quanto ho lavorato per poterti avere con me... Ti prendo tra le mie braccia e ti porto via. Non fuggirai... perché so che mi ami...
SIRI: Ho paura di te! Mi calpesterai.
TOR: Ti porterò attraverso la vita. Ti stupirò con l'amore.
SIRI: Sei sempre stata la mia sventura!
TOR: Lui crede che tu sia buona. Ecco la sua sventura. Ti pesa essere buona. Ti stanca, lo senti come un giogo insopportabile. (*La guarda.*) Conosco la tua povera anima malvagia e l'adoro.
SIRI: (*agitata su e giù*) Non avrò pace se verrò con te. Continuerò a pensare a lui, a tutto il male che gli ho fatto, a tutto il dolore che gli ho procurato. Oh, aveva ragione a non fidarsi di me... Sono così infinitamente infedele, così indicibilmente infedele...
TOR: (*le s'avvicina. Le afferra saldamente le mani*) Non capisci che la cosa migliore che tu possa fare per lui è andartene? Non capisci che la tua presenza gli avvelena la vita? Finché stai con lui non avrà un istante di pace. Penserà sempre e solo a quella cosa. Deve pur sentire che non lo ami, che è solo pietà quel che ti lega a lui. Credi forse che sia felice con te? Non un giorno, non un'ora. Se gli sei affettuosa, crede che sia per nascondere il tuo desiderio per me. Se stai in silenzio, crede altresì che tu ti stia struggendo...
SIRI: Oh, che tortura terribile! È come un mostro invisibile, è come combattere con folletti invisibili... È così buono, eppu-

re mi tortura a morte. E come soffre, come soffre! Solo la mia vista basta a fargli corrugare la fronte... (*Improvvisamente.*) Sì, hai ragione: devo liberarlo da me. È la cosa migliore anche per lui, sicuramente è la cosa migliore per lui...
TOR: (*sussurra*) E io farò in modo che tu lo dimentichi.
SIRI: E io farò in modo che tu rimpianga di essere venuto!
TOR: Oh, il tuo odio si scioglierà come neve al sole! (*Con passione.*) Vedrai quanto posso amare...
SIRI: Allora vieni, vieni... prima che me ne penta... vieni... mio Dio, che farà quando non mi troverà...
TOR: No, no, devi dirglielo. Devi dirgli che parti con me.
SIRI: (*smarrita*) No, no, no, non posso farlo. Vederlo mi ucciderebbe... No, no, non posso farlo! (*Lotta con lui.*)
KNUT: (*entra da destra. Resta come paralizzato. Balbetta*) Ho sentito delle voci... Cosa... cosa... Già, voi due siete vecchie conoscenze...
SIRI: Knut...
TOR: (*la cinge con un braccio*) Signor Tonder, Siri viene con me. Era mia per prima, capite. Mi apparteneva prima che diventasse vostra, e ora me la riprendo. Sono venuto qui per portarla via.
KNUT: Siri, è vero? Dimmi che sta mentendo! Non può essere vero, non può essere assolutamente vero...
TOR: (*costrittivo*) Siri, digli che è vero.
SIRI: (*smarrita*) Knut!
KNUT: Allora è vero! Mio Dio, che commedia mi hai recitato. (*Beffardo.*) Hai recitato alla grande... ti ho creduto... quasi.
SIRI: E tu pensi che ti abbia recitato una commedia! Allora credici! (*Furibonda.*) Allora credici, credici! Oh, quindi mi hai *quasi* creduto! E io che... Oh, buon Dio!...
TOR: Allora vieni? Perché ti stai perdendo in chiacchiere?
SIRI: (*trasalisce*) Già, vieni, vieni, vieni e basta! (*Corre fuori con Tor.*

Lamentandosi.) Crede che gli abbia recitato una commedia...
KNUT: (*fa qualche passo avanti come se volesse seguirli*).

Cala il sipario.

Al calar del sole

Personaggi

Fin
Ivi

Una stanza profonda, completamente in ombra. Alle pareti arazzi scuri dei Gobelins. Sul pavimento e sul tavolo tappeti scuri preziosi. Sul fondo a destra, un grande letto. In primo piano, a sinistra, un tavolino basso e quadrato; di fronte, una poltrona larga e profonda. Sul tavolo, un alto candelabro d'argento a sette bracci con le candele accese.
Ivi è sdraiata a letto con un lungo abito bianco.

FIN: (*entra piano da destra. Sussurrando*) Ivi… Ivi…
IVI: (*si alza lentamente dal letto, va verso di lui. Si passa la mano sulla fronte*) Credo di aver dormito. Uff, ho fatto un brutto sogno. Non puoi proteggermi dai brutti sogni, Fin?
FIN: Vieni, siediti qui accanto a me. Scaccerò via tutti i brutti sogni. Vieni! (*La conduce alla poltrona. La osserva a lungo.*) Come sei pallida. Come sono pallidi i tuoi occhi, e i tuoi capelli… Dov'è quella luce che rifulgeva in te?
IVI: Oh, Fin, quello era il sangue che brillava di felicità in me. Oh, quando ti ho incontrato, è stato come se in me il sangue prendesse d'un tratto vita (*Allarga le braccia.*) Oh, lo sentivo come atomi di polvere danzanti nelle vene!
FIN: (*le tiene la mano in controluce con aria interrogativa*) Guarda, guarda, brilla ancora, riesco a vederlo attraverso la pelle. Sei

trasparente, Ivi, come una ragazza degli elfi. E i tuoi capelli! I tuoi splendidi capelli... (*Le scioglie i capelli e li bacia.*)

Ivi: Però non andartene, stai sempre con me. Promettimelo, Fin!

Fin: Ma sei malata, Ivi. Hai bisogno di riposo. Devi dormire.

Ivi: No, non sono malata. Non lo capisci, Fin, non puoi vederlo, ma (*Sussurra.*) sono avvelenata, stregata... (*Si guarda intorno timorosa.*) Dimmi, si può morire di paura?

Fin: Di paura? Che vuol dire? Cos'hai da temere? Non credi che io sia abbastanza forte da proteggerti da tutto ciò che è malvagio?

Ivi: Sì, sei forte. Ed è per questo che devi stare sempre con me, affinché io, debole, possa bere la tua forza. Il mio amore per te è profondo come il mare, vi annego ogni mia paura e debolezza.

Fin: Quindi quando mi sei accanto, stretta tra le mie braccia, e i tuoi occhi non brillano di felicità, devo credere che la tua debolezza sia più grande del tuo amore per me.

Ivi: Ho tanti pensieri strani... Ricordi la nebbia laggiù tra le scogliere, quando è precipitata in mare? Ahimè, Fin, la nebbia si è insinuata nella mia anima e adesso oscura tutto, tutta la gioia, tutta la felicità.

Fin: E la tua felicità non è abbastanza forte da brillare attraverso la nebbia?

Ivi: Ricordi quella terribile notte sulla spiaggia, quando è precipitata in mare? La nebbia scivolava tra le scogliere. Lei andava avanti senza conoscere la strada. Poi abbiamo udito l'urlo... Oh, come mi hai stretto la mano! Fin, lo sapevi... Sapevi che sarebbe finita in mare. Rispondimi: lo sapevi?

Fin: (*tace*)

Ivi: Lo sapevi?

Fin: Sì, lo sapevo.

IVI: (*trasalisce*) Come hai potuto farlo?
FIN: Ti amavo!
IVI: Fin, tu l'hai uccisa!
FIN: Ivi, ti amo!
IVI: Sei terribile, Fin, ma… mi ami.
FIN: Tu?
IVI: Ah!
FIN: Ti ricordi quella stessa notte sulla spiaggia? Hai detto che la odiavi?
IVI: Sì, la odiavo. Ma la morte… (*Terrorizzata.*) la morte, Fin!
FIN: La morte! Milioni di persone vanno in malora. Cosa aveva da perdere? E prima o poi dobbiamo tutti morire.
IVI: Sì, sì, sì… ma morire, morire! Rimanere lì paralizzata, cieca… dimenticata!
FIN: Doveva morire. È stata un colpo di fortuna che sia finita in mare. Il tuo angelo custode l'ha guidata, Ivi. Ora è fuori dai giochi.
IVI: Oh, non credere che rinuncerà a te così facilmente. Non credere che sia fuori dai giochi. Si vendicherà sicuramente, ed è forte ora, ora che è morta.
FIN: Viva o morta, non avrà la meglio né su di te né su di me!
IVI: Allora aiutami, Fin, non voglio essere strappata via da te!
FIN: No, non ti lascerò andare così facilmente.
IVI: Ahimè, a che serve che non mi lascerai andare? È la più forte, ora che è morta. Oh, alla fine mi costringerà a seguirla. Presto non avrò più la forza di resistere. Se non puoi aiutarmi, sono perduta.
FIN: Stai delirando, hai la febbre…
IVI: No, no, ogni notte viene da me. Viene sempre quando te ne sei andato. Si siede sul mio letto e mi fissa con i suoi terribili occhi da cadavere e mi soffia in faccia il suo alito di cadavere. Uff! Ora capisci perché sono diventata così pallida? Soffia

via tutto lo splendore dai miei capelli, spegne la luce nel mio sangue. Oh, il suo respiro è una nebbia grigia e appestata, non vi riesco a vedere una luce oltre. E poi mi cinge le braccia intorno al petto e stringe e stringe… Uff; ha artigli da gatto e occhi verdi, verdi come la muffa, disgustosi, velenosi… (*Balza in piedi.*) Mi ucciderà, mi ucciderà, mi strapperà via da te!

FIN: Ivi…

IVI: Oh, ma la capisco… Se fossi io la donna che è stata messa da parte per amore di un'altra… Credi che la lascerei in pace, la fortunata? No, no, le prosciugherei tutte le forze, le soffierei addosso per farla appassire, appassire e morire… Oh, non le permetterei di andare a letto col sorriso!

FIN: (*con forza*) Ivi, ricordi quella stessa notte, quella stessa benedetta notte in cui lei, guidata dal tuo angelo custode, è finita in mare? Ti presi tra le mie braccia e ti baciai, ti baciai… Ricordi come ridevi e piangevi di gioia? Allora non avevi paura dei fantasmi…

IVI: Eccome se me lo ricordo! Come cantava il mare sul suo cadavere!

FIN: E vorresti che non fosse mai successo?

IVI: No, no, Fin, è stata la nostra fortuna, la nostra unica fortuna. Ti amo!

FIN: Sii forte, e non oserà farsi avanti. Guardala negli occhi. Sfidala!

IVI: (*come febbricitante*) Già, la sfiderò. Spezzerò il suo potere. Voglio essere forte, forte come te. Non le permetterò di rubarmi la felicità. Vai adesso, Fin… non ho più paura. Sono stanca, voglio dormire, così recupero le forze.

FIN: Sì, sì, dormi… e quando ti svegli, chiamami (*La bacia.*) Dormi, dormi… Vado?

IVI: Sì, vai, non riesco a dormire se vedo i tuoi occhi. E non ho più paura. Vai!

Fin se ne va.

Ivi: (*rimane seduta a lungo in silenzio e fissa le candele, si alza, si guarda intorno timorosa, s'avvicina lentamente al letto e vi si sdraia. Poi all'improvviso si siede sul letto*) Cos'è stato? (*Ascolta. Si sdraia di nuovo.*)

Silenzio.

Ivi: (*sussulta*) Dio mio, cos'è stato? (*Si guarda intorno, confusa.*) Ahimè, perché l'ho fatto andare via, perché l'ho fatto andare via!

Silenzio.

Ivi: (*ascolta, sussurra*) Ho paura! (*Più forte.*) Oh, che paura!

Silenzio.

Ivi: (*sussulta di nuovo. Agita le braccia*) Oh Dio, che pesante, che stretto… oh, sto soffocando! Oh Fin, Fin! (*Smarrita.*) Non può sentirmi! (*Urla*) Non toccarmi! Vattene, vattene! Ti supplico in ginocchio: vattene! Cosa ci guadagni a distruggere la mia vita? Cosa ci guadagni? Non vengo con te! Vattene… Oh! (*Si alza.*) Ho sognato… uh, terribile, terribile… (*Lamentandosi.*) Perché Fin non viene?

Silenzio.

Ivi: (*rimane seduta a lungo dritta e fissa la stanza*) Com'è spaventoso qui. Quant'è opprimente e soffocante l'aria… (*Sospira, si sdraia di nuovo.*)

Silenzio.

Ivi: (*urla, lotta*) Sto soffocando! Sto soffocando! Lasciami… Lasciami! Vuoi uccidermi… lasciami! (*Balza giù dal letto. Fiocamente.*) Fin! Fin! Perché non vieni? (*Rimane ferma in piedi. Guarda fisso nel buio.*) Oh, ti vedo bene… non nasconderti da me… Vieni avanti e fatti vedere! Fammi vedere la tua brutta e pallida faccia da cadavere… Non credere che io abbia paura di te! Abbi solo il coraggio di venire con noi alla luce del sole… Il sole ti spazzerà via… Oh! Ti farà piacere vederlo baciarmi? (*Ride beffarda.*) Ti farà piacere vedermi tra le sue braccia? (*Indietreggia verso il letto.*) Uh, appesti l'aria… Oh, non riesco a respirare… (*Urla.*) Fin! (*Fiocamente.*) Fin! Oh, sto soffocando! (*Corre verso la porta.*) Non oso più restare qui da sola… Oh! (*Vacilla e crolla sul letto.*) Fin… vieni… oh… sto soffocando! Fin, sto morendo… sto soffocando…
Fin: (*si precipita dentro, la prende tra le braccia*) Ivi… Ivi… Cosa succede… Ivi!

Silenzio.

Fin: Ivi!
Ivi: (*apre gli occhi*) Fin… sto soffocando… Lei… oh, Fin…

Cala il sipario.

Ravnegård

PERSONAGGI

Zia Åse, *65 anni*
Gunhild
Sigrid
Thor

Atto Primo

È inverno inoltrato.
Una stanza ampia e profonda.
In primo piano, sulla parete laterale sinistra, un enorme camino in cui arde il fuoco.
Gunhild sta davanti al fuoco e getta grandi ceppi di legno nelle fiamme. Ogni tanto trasalisce e ascolta tesa.
Poi s'avvicina a un tavolo basso al centro della stanza. Ci sono fiori grandi e rari che sistema lentamente e pensierosa in un vaso alto e particolare.
Suona il campanello e sulla porta compare un cameriere.

GUNHILD: Accendi le candele... (*Il cameriere scompare e poi ritorna con in mano un accenditore con cui accende le candele su un pesante lampadario antiquato che pende dal soffitto e su due grandi candelabri d'argento a sette bracci sul camino.*)
GUNHILD: Allora, è tutto pronto?
CAMERIERE: Sì, signora.
GUNHILD: I fiori, i tappeti? Le candele sul tavolo da pranzo?
CAMERIERE: Sì, signora.
GUNHILD: E la tavola è apparecchiata?
CAMERIERE: Sì, signora.
GUNHILD: Bene, allora è tutto a posto. Puoi andare. (*Il cameriere*

se ne va. Gunhild resta immobile e osserva i fiori che ora sono disposti nel vaso. Zia Åse entra lentamente. S'avvicina a Gunhild e la guarda un istante senza parlare.)
Zia Åse: Perché sembra che tu stia addobbando la casa per il tuo funerale, Gunhild? Ti fa male sapere di aver perso la tua sorellina? Sapere che appartiene a uno sconosciuto?
Gunhild: Non si sente aria di festa, zia Åse? La casa non sembra un castello dei troll sui prati?
Zia Åse: Oggi Cenerentola torna a casa col principe.
Gunhild: Cenerentola? Sigrid?
Zia Åse: Già, tu sei sempre stata la principessa, la sovrana.

Silenzio.

Gunhild: In fin dei conti, zia Åse, non ti sei mai affezionata a me, vero?
Zia Åse: Sei così prepotente, Gunhild. Del resto… chi ti capisce, figliola.

Gunhild si siede in silenzio vicino al camino con le mani sulle ginocchia.

Zia Åse: La piccola Sigrid dai capelli dorati e dagli occhi grandi… Che tipo di uomo avrà scelto? Anche tu hai vissuto tra la gente: forse lo conosci, Gunhild?
Gunhild: (*non risponde*)
Zia Åse: Forse lo conosci, il marito di Sigrid?
Gunhild: Sì, lo conosco.
Zia Åse: Lo conosci!

Silenzio.

ZIA ÅSE: Sei strana, Gunhild. Perché non mi hai mai detto che conoscevi il marito di Sigrid?

GUNHILD: Cara zia Åse, vedi quei fiori lì nel vaso? Li vedi che assomigliano alle macchie di febbre sul volto di un ammalato? E guarda: assomigliano ai fiori di brina sul vetro della finestra, quelli che si amano tanto da bambini... E guarda, guarda: gli uccelli grandi e variopinti della mia anima! Vorrebbero tanto volare verso un altro pianeta, laddove lo spazio non ha confini..., ma sono così attaccati al loro stelo, sono così legati alla terra, e soffrono. Riesci a vedere quanto sono tristi tutti i miei fiori? Li ho coltivati tutti nella mia serra... Non pensi che ciò esprima meglio la situazione di qualsiasi altra parola?

ZIA ÅSE: Dio santo, Gunhild...

GUNHILD: (*trasalisce e ascolta*) Solo il vento...

ZIA ÅSE: Non ne so il motivo, ma tutto ciò che accumuli intorno a te, i tuoi libri, i tuoi quadri, la tua musica, persino i tuoi fiori, mi inquieta il cuore.

GUNHILD: (*sorride*)

ZIA ÅSE: Ho vissuto solo per te e Sigrid. Oh, ricordo tutto, da quando eravate entrambe piccoline... È vero, adoravi la tua sorellina. Come l'aiutavi in tutto e per tutto! Ricordi come le spazzolavi i lunghi capelli dorati?

GUNHILD: Sono stata buona con Sigrid, zia Åse?

ZIA ÅSE: Così infinitamente buona! Ma sei sempre stata così silenziosa, e quando lei blaterava come un canarino, dicevi sempre: Sta' zitta, mi disturbi.

GUNHILD: Ahimè, proprio non riusciva a capire quanto desiderassi il silenzio!

ZIA ÅSE: Ora, qui a Ravnegård, il silenzio è più grande di tutti i mari del mondo.

GUNHILD: Ahimè no, zia Åse: se tu non parli, il fuoco crepita,

o il gelo avvolge con un rumore leggero la casa, o il vento scuote le porte, o i muri si stiracchiano. E anche quando tutto tace, si ode il proprio cuore pulsare! Ahimè…
ZIA ÅSE: Figliola, tu stessa non sai cosa vuoi.

Silenzio.

ZIA ÅSE: Immagina un uomo che ha avuto occhi per Sigrid, malgrado conoscesse te, Gunhild!

Silenzio.

Uno stormo di corvi vola gracchiando davanti alla finestra a destra.

ZIA ÅSE: (*spaventata*) Uh, quei corvi! Dio santo, come fai a tenerti i corvi intorno alla casa, Gunhild! Si potrebbe farli abbattere. Dimentichi che sono uccelli del malaugurio…
GUNHILD: (*sorride*) Il malaugurio arriverà quando sarà il momento, zia Åse… (*Si odono i sonagli della slitta. Gunhild trasalisce, si alza e resta rigida in ascolto.*)
ZIA ÅSE: Stanno arrivando! Gunhild, dobbiamo andare ad accoglierli, vieni, vieni… (*Zia Åse esce di fretta, Gunhild la segue lentamente, controvoglia. Si odono voci dal salotto, quella di Sigrid è alta e allegra, solo la voce di Gunhild non si ode. Poi le porte si aprono, ed entrarono zia Åse, Gunhild, Sigrid e Thor.*)
SIGRID: (*corre al camino e si scalda le mani*) Oh, il camino di Gunhild! Com'è meravigliosamente accogliente e caldo qui! Nessun camino è enorme quanto quello di Gunhild. Già, persino le fiamme al suo interno sono più fantastiche e minacciose di qualsiasi altro camino al mondo. Non sembra anche a te, Thor?
THOR: (*assente*) No, Sigrid.

ZIA ÅSE: Sì, Sigrid ha ragione. Anche a me sembra che tutto ciò che appartiene a Gunhild abbia qualcosa di soprannaturale e sinistro.
SIGRID: (*abbraccia Gunhild*) No, non intendevo questo. A me sembra proprio che tutto ciò che tocchi tu, Gunhild, acquisti un valore doppio. Sei come il chiaro di luna, rendi tutto più bello.
GUNHILD: (*bacia Sigrid*)
SIGRID: Thor non voleva tornare a casa. Voleva che andassimo al sud, dove adesso comincia la primavera e splende il sole. Diceva sempre: Sono superstizioso. Ho paura degli uccelli del malaugurio di Ravnegård. Ma non avevo pace, Gunhild: dovevo tornare a casa da te e a Ravnegård. Non avrei avuto pace finché non vi sareste stretti la mano, tu e lui. È come se una forza estranea mi avesse spinto a casa da te e a Ravnegård. Ricordi il tuo vecchio modo di dire preferito? Tutto è scritto nelle stelle…
GUNHILD: (*a voce bassa*) Sigrid, Sigrid!
THOR: (*in piedi fissa i fiori nel vaso. Scuote il capo*) Sigrid…
SIGRID: (*al suo fianco*) Sono i fiori della serra di Gunhild, di cui ti ho raccontato tanto. Se capisci i fiori di Gunhild, capirai lei, anima e cuore. (*Implorante.*) Amerai dunque mia sorella, Thor? Altrimenti sarò infelice.
THOR: (*la abbraccia*) Se questo può renderti felice…
SIGRID: Gunhild! Thor! Dovete baciarvi… proprio calorosamente, come fratello e sorella. Fatelo per la mia gioia! È tuo fratello, Gunhild… (*Gunhild e Thor si ritraggono entrambi. Si guardano negli occhi pallidi. Poi Thor s'avvicina a Gunhild e la bacia di fretta.*)
SIGRID: Grazie, grazie! Voi due dovete amarvi… Le due persone cui tengo di più al mondo.
ZIA ÅSE: (*a mezza voce*) Be', i due sembrano fatti dello stesso

stampo. Ugualmente muti e orgogliosi...
SIGRID: Cosa dici, cara zia Åse?
ZIA ÅSE: Non dico niente, figliola. Sono solo felice, io, che abbiamo di nuovo il sole in casa, tesoro mio.
SIGRID: (*a Gunhild. Con lieve rimprovero*) Non sei mai stata loquace, Gunhild, sei sempre stata silenziosa e pensierosa. Ma ora, ora... hai fatto voto di parlare solo a monosillabi?
GUNHILD: (*ride all'improvviso forte*)

Silenzio.

GUNHILD: (*cinge Sigrid con le braccia*) Sei così felice e così bella. Ne sono contenta.
SIGRID: (*incerta*) Gunhild... Cara...
ZIA ÅSE: E tuo marito Sigrid anche lui non parla molto?
SIGRID: Mio marito? Oh, assomiglia a Gunhild in molte cose.
ZIA ÅSE: Adesso però vogliamo mangiare. Dopo il lungo viaggio sarete sicuramente stanchi e affamati.

Suona il campanello.

CAMERIERE: (*arriva*)
ZIA ÅSE: Possiamo iniziare a mangiare?
CAMERIERE: È pronto, signora.
ZIA ÅSE: Allora apri le porte, Josef.

Il cameriere apre entrambe le porte della sala da pranzo, che è illuminata a festa, la tavola è apparecchiata con fiori, cristalli e vecchi candelabri.

ZIA ÅSE: Allora, a tavola!
SIGRID: (*prendendo sottobraccio Thor*) Non ti sembra che sia me-

raviglioso qui a casa mia? Tutto così grande e solenne…
THOR: Mi sembrerà tutto quello che vuoi, piccola.

Intanto tutti si dirigono verso la sala da pranzo.

Cala il sipario.

Atto Secondo

Stessa stanza. Un po' dopo. Pomeriggio.
Gunhild è seduta davanti al camino.
Sigrid arriva lentamente dall'ingresso con passi stanchi e in completo abbigliamento per uscire. Mentre s'avvicina al camino, nota Gunhild e trasalisce. Vorrebbe voltarsi e tornare indietro, ma Gunhild la trattiene con lo sguardo. Allora raggiunge il camino e vi si ferma davanti.

GUNHILD: Ti sei allontanata?
SIGRID: Sono stata su al Pendio del corvo. Ho ascoltato il rombo della cascata sotto di me. Il disgelo ha sciolto la neve lassù in montagna e il fiume sta spezzando le sue catene di ghiaccio. Uh, mi sono dovuta aggrappare al vecchio pino per non precipitare.
GUNHILD: E non hai paura degli uccelli del malaugurio lassù al Pendio del corvo?
SIGRID: (*rabbrividisce*) Il vecchio corvo ha sicuramente qualcosa in mente che lo preoccupa. Ma non è facile interpretare il suo linguaggio rauco.

Silenzio.

GUNHILD: Prima non andavi mai al Pendio del corvo. Dicevi sempre che il battito del tuo cuore ti avrebbe fatto precipitare nella cascata.
SIGRID: Ahimè, allora. Allora il mio cuore batteva di pura gioia di vivere!
GUNHILD: E ora? Sigrid…

Silenzio.

SIGRID: (*esclama*) Ahimè, Gunhild, cos'è che mi allontana per lo spavento da Ravnegård? Cos'è che temo di leggerti in viso, che prima amavo più di ogni altra cosa al mondo? (*Piange.*)
GUNHILD: (*con impeto e tenerezza*) Ah, sorella, nel cuore della terra c'è fuoco liquido, e ci sono momenti in cui sfonda la crosta e inonda il mondo… Amata sorella, non piangere… non posso vederti piangere! (*Bacia con impeto Sigrid ed esce rapidamente da sinistra.*)
SIGRID: (*si accascia davanti al caminetto. Piange per un po' senza freni, ma poi si rialza e si asciuga gli occhi.*)
ZIA ÅSE: (*entra velocemente e abbraccia Sigrid*) Perché la mia bambina piange in modo così straziante? Chi può avere il coraggio di farti del male? Ero al piano di sopra nella mia stanza e mi sembrava di udire il tuo lamento fin lassù.
SIGRID: No, no, hai udito male, non sto piangendo. Sono solo stanca, mi sono allontanata. Così mi sono seduta qui davanti al camino a guardare le immagini mutevoli delle fiamme. Sono come la vita, zia Åse: quanto più si alza luminosa, tanto più miseramente deve crollare…
ZIA ÅSE: Ma perché sei così sola, figliola? Dov'è l'uomo che dovrebbe sentire che hai bisogno di essere avvolta dalla sua tenerezza? Mi sembra che tu sia troppo spesso sola e triste, Sigrid.

SIGRID: Santo cielo, zia, mio marito ha altro da fare che badare a tutti i miei capricci.
ZIA ÅSE: Non ho mai notato capricci in te, figliola! Da quando ti conosco, da venti lunghi anni, sei stata solo il raggio di sole che brillava dorato su tutto e tutti.
SIGRID: Allora ero solo una bambina, zia…
ZIA ÅSE: Non sapevo che l'amore potesse rendere così triste.
SIGRID: (*orgogliosa*) Quindi cosa rimproveri a mio marito, zia Åse?
ZIA ÅSE: Cara figliola, non gli rimprovero nulla. Ho solo l'impressione che tuo marito sia terribilmente orgoglioso. Parla solo per nascondere i suoi pensieri. Forse sono troppo vecchia per capire questo tipo di gioventù, ma con i miei vecchi occhi una cosa la vedo abbastanza chiaramente…
SIGRID: (*angosciata*) Cosa vedi, zia Åse?
ZIA ÅSE: Io, vedo solo questo, figliola, che la mia piccola fata della luce, che ha sempre fatto brillare le vecchie, buie sale di Ravnegård, ha perso la luce nei suoi grandi occhi. Che questi occhi che amo e che hanno sempre rallegrato il mio cuore con la loro tenera felicità, ora sono sempre rivolti verso il basso, come se avessero paura… di vedere…
SIGRID: (*con impeto*) Paura! Di cosa dovrei aver paura?
ZIA ÅSE: Non vuoi confidarti con la tua vecchia zia? Cos'è, figliola, che ti rende infelice?
SIGRID: Come puoi credere che io sia infelice, zia? Amo mio marito più di ogni altra cosa, e lui ama me… Perché altrimenti mi avrebbe presa in moglie? (*Piange.*)
ZIA ÅSE: Ma figliola, perché piangi? Perché piangi?
SIGRID: (*si asciuga gli occhi*) Ahimè, le lacrime, seguono il loro corso, forse sanno da sole perché vengono. Io non lo so, zia…

Thor compare sulla porta.

ZIA ÅSE: Guarda, figliola: tuo marito! Chiedigli ora, a lui che ti ama più di tutti, perché vengono le lacrime. (*Se ne va.*)

Thor rimane fermo, osserva Sigrid. Lei distoglie lo sguardo.

THOR: Sigrid!
SIGRID: (*ancora girata*) Thor…
THOR: Sigrid, che succede? Perché non vuoi guardarmi negli occhi? Perché mi eviti?
SIGRID: Thor…
THOR: È Ravnegård che ti rende così abbattuta e rassegnata?
SIGRID: È così buio e selvaggio qui in questo periodo dell'anno. Penso anche che…
THOR: (*un po' impetuoso*) Cosa, Sigrid?
SIGRID: (*timida*) Che Ravnegård ti renda… più silenzioso del solito.
THOR: Sono così silenzioso?
SIGRID: Il tuo silenzio mi fa sentire così sola, Thor. È come se tu stessi ascoltando, come se tu stessi ascoltando qualcuno che ti parla ma che io non sento. E come se questo discorso inudibile ti inghiottisse completamente, tutta l'anima…
THOR: Sigrid…
SIGRID: Ahimè, Thor, un fantasma si è insinuato qui a Ravnegård. Lo incontro sulle scale, lassù in camera nostra, persino lassù al Pendio del corvo sta in piedi e mi fissa con occhi malvagi…
THOR: Hai ragione, stare qui non ci fa bene. Di' a tua sorella che dobbiamo partire nei prossimi giorni.
SIGRID: No, no, diglielo tu. Io non ci riesco. Adoro Gunhild e non posso sopportare di vederla così infinitamente triste!

Ahimè, perché non potete entrambi... (*Esclamando.*) Perché vi odiate, voi due? Perché non avete il coraggio di guardarvi negli occhi?
THOR: Piccola mia, non è difficile capire che tua sorella è triste di aver perso te, la metà di sé stessa. Tu eri la sua ombra, l'eco della sua anima, e un'eco che risuonava più chiara e pura della stessa voce della sua anima...
SIGRID: (*a voce bassa*) Mi ami, Thor? Non ho mai la sensazione di sentire i tuoi pensieri vicino a me... ti desidero così tanto.
THOR: Cosa dovrei dirti, Sigrid? Posso solo baciarti mani e piedi... (*La bacia.*)

Gunhild compare sulla porta.

THOR: (*a Sigrid*) Adesso vai su da zia Åse, poi parlerò con Gunhild della nostra partenza.

Sigrid se ne va.

Gunhild s'avvicina lentamente a Thor. I loro occhi ardono gli uni verso gli altri.

Silenzio.

THOR: (*lentamente con tono duro e beffardo*) Già, Gunhild, sei silenziosa come Iside, la madre del silenzio, eppure il tuo silenzio parla una lingua più chiara di mille parole di altre donne. Non pensi che io ti comprenda, senza bisogno di leggere i tuoi occhi insondabili?
GUNHILD: (*ride fiocamente*)
THOR: (*a voce bassa e carico di odio*) Vuoi distruggere la mia vita per la seconda volta e questa volta anche la mia anima.

Non pensi e desideri solo questo, vero?
GUNHILD: (*sorride malinconicamente*)
THOR: Assomigli alla mano stessa dell'oscurità, mentre te ne stai lì così silenziosa e minacciosa nel tuo vestito nero... Sei stata creata solo per la sventura. Sai solo rendere infelici le persone. Ma non capisci che non hai più potere su di me? Che dall'istante in cui il tuo buon spirito ti ha abbandonata per seguirmi, che da quell'istante sono libero dalle tue pallide persecuzioni?
GUNHILD: (*sospira profondamente e si siede accanto al camino, pensierosa*)
THOR: Come puoi voler rendere infelice tua sorella, tua sorella, la cui anima brilla di tenerezza per te? Tua sorella, che ti accarezza notte e giorno, solo dal modo in cui pronuncia il tuo nome.
GUNHILD: (*scoppia a piangere*)
THOR: Tu sei come gli uccelli del malaugurio lassù al pendio, e Sigrid... ahimè, con Sigrid non c'è paragone!
GUNHILD: (*balza in piedi. Con passione*) Allora perché non la ami?
THOR: Come osi?
GUNHILD: Allora, son dovuta fuggire da te. Mi sentivo violata, corpo e anima... Ho dovuto respingerti, calpestarti. Non avresti mai dovuto sapere quanto fossi in balìa di te...
THOR: E così mi hai lasciato a terra ai tuoi piedi, me!
GUNHILD: Ricordi le parole che hai detto quando ci siamo lasciati?
THOR: (*minaccioso*) Ricordo i giorni e le notti in cui mi mordevo la lingua per non urlare dal desiderio di te, te, te...
GUNHILD: Hai detto: non ci si può dimenticare di te. Sei come un veleno nel sangue e nell'anima, che divora lentamente ...
THOR: Ho bruciato via il veleno dal mio sangue e dalla mia

anima, come dalla ferita di un morso di un cane rabbioso.
GUNHILD: Hai mai creduto anche solo per un giorno di potermi dimenticare? Io, che ti ho causato una sofferenza così grande che nessuna felicità potrà mai cancellarla.
THOR: Perché mi dici questo?
GUNHILD: (*sussurra*) Perché ti amo!
THOR: (*furibondo*) Come osi! Ti odio!
GUNHILD: Tu mi ami, tu mi ami! I tuoi pensieri ruotano costantemente intorno a me come pipistrelli intorno alla luce di una lanterna. Il tuo sangue vive solo del desiderio che senti vibrare nel mio.
THOR: E Sigrid deve essere sacrificata sull'altare della tua follia?
GUNHILD: Sì, Sigrid deve essere sacrificata sull'altare del nostro amore. Non riesci a leggere il suo destino in quei grandi occhi spaventati?
THOR: Mai, mai!
GUNHILD: (*selvaggiamente*) Come osi tornare a casa qui come suo marito?
THOR: Per spezzare il tuo cuore nero!
GUNHILD: Ahimè, per spezzare il suo cuore puro e bianco che brilla più luminoso del sole e delle stelle.
THOR: Lei è la mia felicità e il mio buon spirito. Tra le sue braccia dimentico tutta la follia che hai risvegliato nel mio sangue.
GUNHILD: Tra le sue braccia tremi per me. Nei sogni pronunci solo il mio nome. Il tuo cuore pulsa intorno a me giorno e notte. Non riesco a dormire a causa del suo battito!
THOR: Tu… tu…
GUNHILD: Non capisci che è scritto lassù nelle stelle? Non capisci che tu ed io siamo condannati ad amarci per sempre?
THOR: Vattene, vattene, non voglio vedere i tuoi occhi abissali!

GUNHILD: È stata lei stessa a portarti qui a casa, tra le mie braccia. Temevi gli uccelli del malaugurio a Ravnegård. Ma chi può sfuggire al proprio destino, Thor?
THOR: Tu leggi tra le stelle come il diavolo legge la Bibbia, Gunhild.
GUNHILD: Oh, credi forse che non darei la mia vita per Sigrid? Ma come posso farlo quando la vittima è *lei*?
THOR: (*minaccioso*) Gunhild!
GUNHILD: Sappiamo tutti come deve andare. Sigrid si è rassegnata, non si oppone più. Solo tu non osi ascoltare il battito d'ali che presto schioccherà sopra la tua testa.
THOR: Dalla prima volta che i miei occhi hanno incontrato i tuoi, ho sentito la sventura avvicinarsi con un forte battito d'ali.
GUNHILD: Thor! Guardami, Thor, solo una volta! Una volta imploravi il mio amore… Guardami, ora mi vedi implorante ai tuoi piedi… Thor, ti amo! Thor, un po' di felicità, prima che il destino ci spezzi!
THOR: Gunhild! (*L'abbraccia con impeto.*) Un po' di felicità, prima che il destino ci spezzi!

Cala il sipario.

Atto Terzo

Stessa stanza.
Verso sera.
Zia Åse cammina su e giù con grande inquietudine. Ascolta. Aspetta. Stringe i pugni con rabbia impotente.
Lo sguardo le cade su un mazzo di tuberose in fiore disposte su un tavolo. Vi si ferma davanti, toccandosi la fronte come se il forte odore la tormentasse. D'un tratto strappa i fiori e li getta nel camino. Poi se ne va velocemente. Il palcoscenico è vuoto.

GUNHILD: (*arriva di corsa. Pallida come un cadavere*)
THOR: (*subito dopo. Entrambi rimangono immobili e si guardano negli occhi*)
GUNHILD: (*fiocamente*) È caduta! È caduta nella cascata!
THOR: È caduta come un albero abbattuto! Mio Dio!
GUNHILD: Ci ha visti laggiù. Ha visto che mi stringevi tra le braccia… Poi è caduta… giù nella cascata… Thor!
THOR: (*l'afferra in un abbraccio*) Gunhild, doveva succedere. Non hai visto quanto soffriva?
GUNHILD: (*con passione*) Eccome se ho visto quanto soffriva! Oh!
THOR: E adesso? Come sei pallida. Perché eviti il mio sguardo? Tremi come un uccellino durante una tempesta notturna. Hai dimenticato il nostro amore adesso?
GUNHILD: Non ne parlare, non adesso!

THOR: (*minaccioso*) Gunhild!

GUNHILD: Ahimè, Sigrid, Sigrid! Eri indifesa come un bambino in un naufragio!

THOR: (*ardente*) Ti ho venduto l'anima, Gunhild, e quando i tuoi occhi brillano sopra di me come l'aurora boreale nel cielo notturno, dimentico la piccola colomba che è stata sacrificata sul tuo altare. Posso solo piangere per lei come per un bambino morto troppo presto.

GUNHILD: Non potrò mai dimenticare come ha allungato le braccia al cielo! Come è caduta… caduta!

THOR: (*con impeto*) Posso dimenticare tutto, tutto tra le tue braccia, Gunhild! Quando vedo la tua bocca ardere sul tuo pallido volto fatale… quando mi sussurri all'orecchio parole malinconiche e infuocate come i fiori della tua serra… Ahimè, Gunhild, cosa sono la mia vita e la mia morte in confronto al tuo amore?

GUNHILD: I suoi occhi negli ultimi tempi somigliavano a quelli di un cane colpito a morte. Aveva intuito tutto, ma non poteva crederci… E presto la porteranno qui, il suo corpo distrutto… e io dovrò vedere il suo viso contorto dalla paura, congelato in un terribile punto interrogativo… Mai più sentirò il dolce suono della sua voce quando pronunciava il mio nome… Sigrid!

THOR: (*fiocamente*) E il tuo amore che tutto dimentica… l'hai dimenticato adesso?

GUNHILD: Ahimè, adesso è tutto buio e confuso in me…

THOR: Sei fuori di te! Gunhild, scavi nel mio cuore come il corvo in un cadavere.

GUNHILD: (*guarda Thor per un secondo con orrore. Poi con forza*) No, Thor, no! Solo nel mio cuore inorridito, che per un istante si è indebolito davanti agli occhi infuocati del destino… Thor, ti amo! Il tuo amore è per me fonte di vita, da cui bevo forza e oblio, oblio!

THOR: (*rivolto verso di lei*) Gunhild!
ZIA ÅSE: (*arriva pallida come un cadavere*) Sigrid è caduta dal Pendio del corvo! (*Minacciosa.*) Gunhild, sai che Sigrid è caduta nella cascata? (*A Thor.*) E tu, tu, suo marito e protettore, dov'eri quando lei se ne stava da sola lassù al pendio? Dov'eravate voi due che lei amava più di tutti? Dov'eravate voi due quando l'ha colta la disperazione?

Gunhild siede in silenzio, il viso nascosto tra le mani.

ZIA ÅSE: Gunhild, Gunhild, osi discolparti di questo omicidio?
GUNHILD: (*alza il capo. Esclama*) Colpa! Colpa! Qui nessuno ha colpa tranne il destino che ha rivolto l'attenzione di Sigrid su un uomo che può amare solo me!
ZIA ÅSE: Quindi è vero! (*Con impeto, tremando di rabbia.*) Ascoltami… ascoltami, Gunhild! Le ultime parole che sentirai dalla mia vecchia bocca che spesso ti ha cantato una ninnananna quando eri ancora un innocente angelo di Dio… io ti maledico! (*Con passione.*) Ti maledico per l'eternità! Possano i tuoi stregati fiori infernali annebbiarti l'anima e i sensi con il loro respiro velenoso, affinché tu non veda mai più il sole e la luce! Possa tu cadere nella follia della malinconia! Possa tu… possa tu… (*Si blocca come fuori di sé, ansimante.*)
GUNHILD: (*fiocamente*) Zia Åse, non credi che Sigrid, che giace a pezzi nella cascata, sia più felice di me, colpita dal malocchio? Guai, guai al giorno in cui venni al mondo! Ma non credere nemmeno per un istante che la tua maledizione possa separarmi dall'uomo che amo e che mi ama. Vieni, Thor, vieni… siamo entrambi condannati ad amarci per sempre… (*Scoppia in lacrime.*)
THOR: (*l'abbraccia e la conduce fuori, mentre cala il sipario*).

Il peccato

PERSONAGGI

Hadasa
Miriam
Leon

Atto Primo

Un salone ampio e sontuoso.

MIRIAM: (*cammina su e giù, in attesa, fumando una sigaretta*)
HADASA: (*entra, agghindata radiosamente di seta bianca. Si ferma nel vano della porta. Scrutando*) E Leon?
MIRIAM: Leon arriverà presto. (*La guarda.*) Oh, ti sei messa in ghingheri per la festa di stasera! Come brilli! Come una stella bianca… Sembri una sirena, Hadasa.
HADASA: (*ride felice*) Che cosa carina da dire! Sei così felice per me, Miriam? Sei contento quando mi vedi come la più bella di tutte?
MIRIAM: Piccola, per me non hai bisogno della seta bianca per essere la più bella. Per me non hai bisogno di agghindarti. Sei stata la mia felicità per otto anni.
HADASA: (*pensierosa*) Per otto anni… E non ho mai conosciuto altro uomo che te. Strano, vero?
MIRIAM: Già, hai ragione. È abbastanza strano, qui, dove le donne passano da un uomo all'altro, da un braccio all'altro, dove niente rende meno felici di un bacio del proprio marito.
HADASA: (*scherzando*) Sai, è solo perché non tutte le figlie del paese possono essere sposate con te. Tu sei l'unico uomo al quale si può rimanere fedeli con decenza.

MIRIAM: Quindi, non saresti fedele a un altro uomo?
HADASA: (*ride*) Forse l'avrei ingannato a causa tua, Miriam.
MIRIAM: Grazie!... Del resto, a volte mi sono interrogato su questa affidabilità nella tua natura. Insomma, non riesco a conciliarla con tutto il tuo essere... Sei così avventurosa, così infinitamente aperta a tutto...
HADASA: (*come prima*) Be', non si sa mai...
MIRIAM: Hadasa!
HADASA: Dai, ridi, ti fai subito serio. Non sai scherzare!
MIRIAM: (*seriamente*) No, su questo punto non so scherzare. Ti dirò una cosa, Hadasa: conosco solo un peccato, che per me è l'unico e solo peccato imperdonabile. È il peccato contro lo Spirito Santo.
HADASA: Sì, certo... Ma non essere così solenne! Non vorrai mica rovinarmi il divertimento stasera. (*Insinuante.*) Non puoi goderti la vista della tua stella bianca e dimenticare tutti i fuochi fatui danzanti che non hai la minima voglia di seguire? Caro, chi vuole cada pure nella palude. Tu ed io, rimarremo entrambi nel cielo a brillare, vero? E adesso, Miriam, non sembro più una sirena?
MIRIAM: (*sorride*) Sì, di quelle proprio pericolose... (*Si avvicina al camino e ravviva la brace.*)
HADASA: (*va alla finestra e guarda fuori. Canticchiando tra sé e sé*) Nevica, nevica, nevica... Ma perché Leon non arriva... Che noia aspettare.

Silenzio.

HADASA: Eh, Leon è un tipo strano. Ha passato sempre la vita così? Senza guardare a destra o a sinistra? Le persone sono per lui quasi solo delle ombre più o meno divertenti.
MIRIAM: Mah, dopotutto non lo conosco da così tanto. Ho

davvero un po' di difficoltà a capirlo...
HADASA: Sì, certo...

Silenzio.

HADASA: Chissà se ha amato molte donne, Leon...
MIRIAM: (*secco*) Non credo che ne abbia mai amata una.
HADASA: Non so cosa c'è che non va in me oggi... (*S'avvicina a Miriam, gli accarezza il braccio.*) Comunque, noi due siamo persone felici, Miriam, io e te, no?

Si sente suonare all'ingresso.

HADASA: (*contenta*) Leon è arrivato... (*Bussano alla porta.*) Avanti!
LEON: (*entra. Agile, leggero*) Buonasera!
HADASA: (*gli porge la mano*) Benvenuto!
LEON: (*rimane spiazzato*) Oh, signora Hadasa! (*Porge la mano a Miriam.*) Buonasera; tua moglie, Miriam, brilla come una freccia d'argento dritta al cuore... (*Scuote il capo.*) Come si fa ad avere una donna così incantevole!
HADASA: (*ride*) Oh, io sono una stella bianca che brilla nel cielo...
LEON: (*le gira intorno. La guarda*) Siete bella! Troppa bella...
HADASA: E voi e Miriam siete il lago in cui mi specchio. Oh, che piacere... Ma non è tardi, Miriam? Non devi chiamare la carrozza?
MIRIAM: Oh, abbiamo tutto il tempo! È così bello e accogliente qui. (*Rabbrividisce.*) Uh, non è che abbia così voglia di uscire al freddo. E poi stare in quella sala da ballo chiassosa e noiosa. Non ti sei stufata di queste feste, Hadasa? Hai bisogno di un lago così enorme in cui specchiarti, piccola?

HADASA: Sì, caro, presto mi stuferò sul serio, presto, presto... Ma stasera... stasera...
LEON: Quante volte ho il permesso di ballare con voi, signora Hadasa? Ogni ballo?
HADASA: (*ride*) Ascoltalo, Miriam, è pazzo! Vuole ballare ogni singolo ballo con me. Un ballo, caro Leon, un solo ballo: la quadriglia dei lancieri.
LEON: (*china il capo*) Oh, ogni singola quadriglia dei lancieri? Grazie, signora Hadasa!
HADASA: Miriam non balla. Semplicemente, non ne è capace.
MIRIAM: Semplicemente, non gli piace.
HADASA: Ma a Miriam piace bere il vino. Anche a me, del resto. Stasera alla festa berremo champagne tutti e tre insieme, vero?
MIRIAM: (*vivacemente*) Sì, davvero! Dobbiamo bere champagne! Subito. Abbiamo un sacco di tempo. Ho uno champagne eccezionale in cantina.
HADASA: (*incantata*) Sì, sì! Eh, Miriam, hai sempre delle ottime idee! Esatto, adesso dobbiamo bere champagne per metterci nell'umore giusto per il ballo. Suona il campanello, chiama il cameriere!
MIRIAM: No, vado a prenderlo io stesso. Nessuno tranne me sa dove cercare laggiù. (*Esce.*)

Silenzio.

LEON: Ditemi, signora Hadasa... cosa potrebbe significare che vi sogno così spesso? Ogni notte. Cosa pensate che possa significare?
HADASA: Cosa sognate di me? Ovviamente, state mentendo. (*Lo guarda, ride.*) Cosa vi inventerete ora?
LEON: Inventare! Giuro: ogni parola è vera! Volete che vi racconti cosa ho sognato stanotte?

HADASA: Raccontate, se vi fa piacere!

LEON: Allora ascoltate: vi vedevo venire verso di me, vestita solo di foglie verdi: non immaginate quanto foste bella con quel vestito!

HADASA: Be', be'...

LEON: Allora mi avete porto entrambe le mani, perdinci, e poi avete detto... Devo raccontare cosa avete detto?

HADASA: Dunque, cosa ho detto?

LEON: (*più vicino. Molto solennemente*) Avete detto: Baciatemi!

HADASA: (*ride*) Oh, non una parola del vostro sogno è vera!

LEON: Giuro che avete detto baciatemi!

HADASA: (*involontariamente*) E poi?

LEON: Be', io... ma forse non avrei dovuto farlo?

HADASA: (*ride*) No, decisamente no.

LEON: Cosa? Cosa non avrei dovuto fare?

HADASA: Che ne so io cosa avete fatto?

LEON: E sì che lo sapete! (*Vicino a lei.*) Dio santo, come vi ho baciata! Sulle labbra, sugli occhi, sui capelli, sul collo... (*Sussurra.*) Nessun uomo vi ha mai baciata così!

HADASA: (*s'allontana*) Ma che ne sapete? Caro mio, tenetevi per voi i vostri sogni!

LEON: Già, forse non avrei dovuto baciarvi, eh? Ditemi solo una cosa: non posso baciarvi nemmeno in sogno?

HADASA: (*lo guarda. È confusa*) Be'... eh... nei sogni... (*Si riprende. Ride.*) Be', non posso certo proibirvelo.

LEON: (*le prende la mano piano e lentamente*) Posso almeno baciarvi la mano?

HADASA: (*alza la mano. Sorridendo, mostra un anello con una grande pietra scura*) È pericoloso baciarmi la mano!

LEON: Lo so, baciare persino la vostra ombra è pericoloso! Ma come voi, amo il pericolo...

HADASA: Vedete questo strano anello? La gemma è piena di

veleno. (*Se lo toglie dal dito. Glielo mostra*) Ne avete mai visto uno simile?

LEON: No, in effetti no. Dove l'avete preso?

HADASA: Un mio amico è stato in India, l'ha comprato lì e me lo ha portato. È una grande rarità. Il veleno di cui è riempito dovrebbe essere sufficiente a uccidere su due piedi l'uomo più forte. Mi piace vederlo al mio dito. È magnifico, vero? (*Tiene l'anello in controluce.*)

LEON: (*improvvisamente le afferra la mano e la bacia a lungo, con impeto*)

HADASA: (*apatica*) Leon... Leon... (*Poi ritrae la mano. S'allontana.*) Oh...

MIRIAM: (*entra. Si scuote la polvere della cantina dai vestiti. Lo segue un cameriere con champagne e bicchieri, che posa sul tavolo. Apre la bottiglia, riempie i bicchieri, rimette la bottiglia nel secchiello del ghiaccio ed esce*)

MIRIAM: (*nello stesso momento*) E allora? Perché tutta questa serietà, Hadasa?

HADASA: (*con voce debole*) Perché sei stato via così a lungo, Miriam?

MIRIAM: Non sono stato via molto... Forza, brindiamo: alla più bella, che ne dite?

LEON: Sì, alla più bella! Alla signora Hadasa!

HADASA: (*prende il suo bicchiere*) Ecco, basterebbe aprire la gemma dell'anello: ci vorrebbe meno di un secondo...

MIRIAM: (*un po' brusco*) Smettila con queste sciocchezze, Hadasa!

HADASA: (*ride*) Diamine, sembra che tu abbia paura dell'anello. Come se pensassi che sia stregato.

MIRIAM: (*la guarda a lungo*) È come se d'un tratto ti dividessi, ti raddoppiassi, ti moltiplicassi... E io riesca a cogliere solo una parte di te, una piccolissima parte...

LEON: (*a Miriam*) Già, non si può afferrare la sua essenza. Sarebbe come catturare i raggi del sole.
HADASA: O catturare un arcobaleno? Ma adesso mi sto quasi stufando della «signora Hadasa»... Vuotiamo i bicchieri e chiamiamo la carrozza, giusto?
MIRIAM: Ho già prenotato, dovrebbe essere qui a breve.
LEON: (*vuota il bicchiere*) Così si catturano i raggi del sole!
CAMERIERE: (*annuncia*) La carrozza è arrivata.
CAMERIERA: (*arriva con un lungo cappotto bianco*)
HADASA: (*mentre la cameriera le mette il cappotto, a Leon*) Dunque, Leon: una solo quadriglia dei lancieri.

Cala il sipario.

Atto Secondo

Pomeriggio del giorno dopo.
Stessa stanza.
Inizio del crepuscolo.

HADASA: (*è distesa su una chaise-longue con le braccia dietro la testa*)
MIRIAM: (*con cappello e pelliccia, che posa su una sedia*) Oh, Hadasa, devo fermarmi un attimo qui da te prima di uscire. Sembri così pallida. Sei stanca?
HADASA: Devi proprio andare, Miriam?
MIRIAM: Già, devo andare. Sai quanto mi piacerebbe stare qui a casa con te.
HADASA: Sì, sì, lo so, per te la casa è il mondo intero.
MIRIAM: Vorrei che lo fosse anche per te, Hadasa! (*Teneramente.*) Ma sì, verrà il momento, no? (*Pensieroso.*) Forse eri troppo giovane quando sei diventata mia. Non sapevi niente, niente della vita.
HADASA: No, la vita era per me una terra sconosciuta…
MIRIAM: Eppure desideravi entraci in questa terra, vero?
HADASA: Ero persino quasi troppo giovane per desiderare qualcosa, eh.

Silenzio.

MIRIAM: (*la guarda*) Te ne stai così calma, così esausta, come se ti fosse stato risucchiato tutto il sangue… eppure sento l'aria intorno a te tremare d'inquietudine… Che c'è? Sei insoddisfatta? Cosa ti manca? Non ho mai visto i tuoi occhi così grandi.
HADASA: (*cerca di ridere*) Per vederti meglio… (*Scuote il capo.*) Miriam, Miriam, la paura che hai di uscire dal tuo mondo ti sta letteralmente facendo rinsecchire.
MIRIAM: Be', piccola, c'è stato un tempo in cui anche tu temevi di dover uscire da questo mondo dove sei la sovrana, dove sei la regina. Credi che una donna abbia potere, vero potere, qualora non dia tutto?
HADASA: (*si alza a sedersi*) Una volta ho sognato un abisso profondo, nero come il velluto, pieno di fiori che brillavano come stelle e lune… fiori su steli alti e lucenti… Ma, caro Miriam, non guardarmi in modo così strano…
MIRIAM: (*lentamente*) Dovrei credere che desideri andare via da me, Hadasa?
HADASA: (*balza in piedi. Con impeto*) Via da te! No, allora per me non brillerebbero più né le stelle né la luna! (*Lo prende per un braccio.*) Resta a casa con me stasera, Miriam! (*Nervosamente.*) Ho paura di restare sola: sai quanto sono infantile. Ho paura del buio.
MIRIAM: No, no, no, devo andare! Devo! Mi sono trattenuto fin troppo. Forse Leon verrà a tenerti compagnia. Posso passare da lui e farlo venire qui, se proprio non vuoi stare da sola.
HADASA: No, è solo una sciocchezza. Troverò qualcosa da fare che mi tenga occupata.
MIRIAM: Bene, allora addio, piccola! (*Indossa la pelliccia, la bacia.*) Non sai cosa darei pur di poter restare a casa stasera. Buonanotte! (*Esce.*)

HADASA: (*cammina su e giù agitata. Poi si sdraia come prima e fissa davanti a sé. Suona il campanello. Fa per alzarsi, ma si sdraia di nuovo. Bussano. Non risponde. Bussano più forte.*)
HADASA: (*a bassa voce*) Avanti! (*Rimane stesa immobile.*)
LEON: (*entra. Sulla porta*)
HADASA: (*balza in piedi*) Cosa volete?
LEON: Hadasa!
HADASA: Come osate venire oggi? Non vi avevo detto ieri che non dovevate venire… Che ero sola?
LEON: È vero. Avete detto che eravate sola. Le vostre labbra dicevano: Non dovete venire, perché sono sola… Ma i vostri occhi… Sapete cosa dicevano i vostri occhi, Hadasa?
HADASA: Andatevene!
LEON: (*vicino a lei*) I vostri occhi dicevano: Sono sola… Venite, anche se il mondo vi dovesse crollare alle spalle! Sono venuto per ordine dei vostri occhi.
HADASA: Vi ho detto ieri che non volevo vedervi…
LEON: Ero seduto al cafè all'angolo e ho aspettato che passasse… ho atteso lì per quattro ore come se aspettassi le chiavi del regno dei cieli!
HADASA: Ma ora dovete andarvene! È inutile.
LEON: Con quanta dolcezza e delicatezza lo dite! Con una voce come mille carezze.
HADASA: (*con impeto*) Non è vero!
LEON: (*più vicino*) Ti amo, Hadasa!
HADASA: (*corre via*) Andatevene, Leon! Vi sto supplicando!
LEON: Non crediate nemmeno per un istante che me ne vada! Siete terrorizzata dal mio potere, dal mio potere su di voi… (*Teneramente.*) Perché volete cacciarmi via? Voglio solo sedermi tranquillo a guardarvi… (*Le prende piano la mano.*) Posso almeno baciarvi la mano… Come ardono i vostri occhi! Posso vedere dai vostri occhi che non avete dormito la notte

scorsa. Siete stata a fissare l'oscurità e a pensare... A chi avete pensato la notte scorsa, Hadasa?

HADASA: *(ritrae la mano. Si guarda intorno)* È così buio qui. Voglio chiamare il cameriere perché porti un lume.

LEON: Avete paura del buio, Hadasa?

HADASA: (*fredda*) No!

LEON: (*la conduce piano alla chaise-longue. Le si siede al fianco*) Non siate così severa con me, Hadasa! Abbiate un po' di compassione per chi vi ama, per chi non riesce a pensare ad altro che a voi, a voi, a voi! Voglio solo poter tenere la vostra mano... Ieri eravate una stella bianca, una stella nel cielo... Ma oggi, (*Sussurra.*) oggi sei una fiamma bianca, Hadasa, una fiamma tremante, bianca incandescente... Come tremi (*All'improvviso le prende le mani e le bacia follemente.*)

HADASA: (*apatica*) Leon... Leon...

LEON: (*l'attira a sé*)

HADASA: (*si sottrae*) No! No! Pensate a... Miriam!

LEON: (*con impeto*) A Miriam! Dovrei pensare a Miriam! La prima e unica volta nella mia vita in cui la felicità attraversa il mio cammino, dovrei pensare a Miriam! Miriam, che per otto anni è stato l'uomo più felice della terra! Miriam, che ti ha posseduto per otto anni! Non hai dato abbastanza a Miriam? Non gli hai dato tutto? Sono arrivato con otto anni di ritardo, non ho tempo da perdere... Come puoi dire: Pensate a Miriam, se mi ami? (*La cinge con le braccia, le copre il viso di baci.*) Vedi, Hadasa, tu mi appartieni... sei mia... Sapevo che saresti diventata mia!

HADASA: (*si divincola. Balza in piedi*) No! No! Mille volte: No! Mio Dio, cosa sta succedendo? Cosa c'è che non va in me? Sono stregata! Sono posseduta! Leon, Leon! Ti supplico: vattene!

LEON: (*si alza*) Nessuna forza, umana o soprannaturale, può farmi andare via ora che so che non puoi resistere. Che tu mi ami o no, Hadasa, ti costringerò con il mio amore! Otto anni, Hadasa! Immagina rivivere sempre la stessa cosa per altri otto anni! Oppure no, non immaginarlo! Senti solo come il mio sangue si tende verso di te... (*La cinge con le braccia.*) Adesso ti porto via con me. (*Sussurra.*) Hadasa... Hadasa... È inutile opporsi... sei già mia... Hadasa...

HADASA: (*all'improvviso gli getta le braccia al collo con un grido soffocato*)

Cala il sipario.

Atto Terzo

Stessa stanza.
Il giorno dopo.
Tardo pomeriggio.

Hadasa: (*rannicchiata sulla chaise-longue, il viso sepolto nei cuscini. Bussano. Rimane immobile. Non risponde*).
Leon: (*entra. Si ferma sulla porta e la guarda*).

Silenzio.

Leon: (*a voce bassa*) Hadasa!
Hadasa: (*balza in piedi. Si ritrae fuggendo nell'angolo*) Non avvicinatevi a me. Io… io…
Leon: (*con le braccia protese*) Ti amo! Oggi mille volte più di ieri!
Hadasa: (*esclamando*) Quindi è vero! È vero che… che io… che voi… Mio Dio, non vi conosco! Chi siete?
Leon: Ieri ero l'uomo che amavi… ieri…
Hadasa: (*smarrita*) Non è vero! Non è vero! Siete uno sconosciuto. Non vi conosco. Non vi ho mai visto prima!
Leon: La tua disperazione ti confonde. Temi l'ira e il dolore di Miriam. (*Più vicino.*) Ma perché vuoi incontrarlo? Vieni! Vieni con me! Allontaniamoci da tutto ciò che è disperazione e

rimorso... Cos'hai da rimpiangere? Cos'hai da recriminare? Ti amo! Vieni...

HADASA: (*lo guarda. Smarrita*) Venire? Cosa intendete? Perché dovrei venire con voi?

LEON: Perché il tuo posto è con me, Hadasa, perché mi ami.

HADASA: (*ride convulsamente*) Dovrei amarvi! Ma io vi dico: non vi conosco! (*Esclamando.*) Non può essere successo niente tra me e voi! (*A lui.*) Oh, vi prego, vi scongiuro: ditemi che non è vero! Ditemi che è stato un sogno, un incubo orribile...

LEON: (*ride secco*) No, non era un sogno. Era la realtà più incantevole. Sento ancora i tuoi baci nel sangue.

HADASA: (*furibonda*) Tacete! Tacete! Non voglio sentirlo! Vi odio!

LEON: Vi amo!

HADASA: (*siede immobile. Fissa davanti a sé*) Il roveto era in fiamme e il Signore disse: Togliti le scarpe. Il luogo è sacro. (*Lentamente.*) Ma non mi sono tolta le scarpe.

LEON: (*a voce bassa*) Hadasa...

HADASA: (*come prima*) E i fiori brillavano come stelle e lune... su steli lunghi e luminosi... e il profumo era stordente come l'odore d'incenso in chiesa... O, Miriam, Miriam! Cosa ti ho fatto!

LEON: Miriam! Miriam! Cos'è Miriam per te adesso?

HADASA: Miriam è l'uomo che amo! Miriam è la mia casa, il mio cuore... E gli ho sputato addosso!

LEON: (*amaramente*) E io? Chi sono io?

HADASA: Voi? Voi chi siete? Non lo so. Non so nulla di voi! Non ho tempo di pensare a voi oggi... Ho un solo pensiero oggi: Miriam! Come avrei potuto proteggerlo da questa vergogna... da questa umiliazione... Ahimè, vedo i suoi capelli incanutirsi proprio nell'istante in cui capirà... Ero il suo agnello bianco...

LEON: (*schernendo*) Solo il suo agnello bianco...

HADASA: (*a lui*) Dovete andartene! Subito! Non voglio vedervi mai più. Non dovete mai più avvicinarvi a me...
LEON: (*la guarda a lungo. Ride con rabbia*) No, vi sbagliate. Non me ne vado! Vi starò vicino, vi seguirò passo dopo passo. (*Sussurrando.*) Vi seguirò con gli occhi, con tutti i sensi... ogni gioco dei tratti del viso, ogni movimento del vostro corpo... E quando sorriderete, penserò: quella bocca l'ho baciata con folle felicità! E quando alzerete le braccia: quelle braccia mi hanno cinto il collo...
HADASA: Tacete! Tacete! Vi proibisco di parlarne! Ahimè, lo sento come una bruciatura aperta nella mia anima... Sono rimasta sdraiata qui per ore, col viso sepolto nei cuscini... (*Ride amaramente.*) come una lepre che pensa di essere al sicuro e celata non appena riesce a nascondere la testa... Sono rimasta sdraiata qui e mi sono tappata le orecchie ad ogni ricordo, alle urla dentro di me... E mille volte mi sono detta: Non è successo niente, non è successo niente... E poi siete comparso sulla porta... e solo ora capisco, oh! cosa è successo, cosa ho fatto, oh!

Silenzio.

LEON: (*amaramente*) E se me ne andassi? Allora vivresti altri otto anni in una gioia innocua con Miriam, eh?
HADASA: (*riflettendo disperata*) Un giorno, due giorni, forse due ore, poi Miriam capirebbe tutto. L'altare su cui ha costruito per otto anni la sua felicità: calpestato, sputato! Oh, lo conosco! Per lui è mille volte peggio della morte... (*Gira pensierosa l'anello.*) Potrei aprire questa pietra... versare il veleno in un bicchiere e bere... Sarebbe la mia salvezza! Ma per lui?... Dio del cielo: peggio di tutto! Allora potrei... (*Balza in piedi improvvisamente.*) Ahimè, una salvezza! L'unica salvezza per

lui! Che fortuna! Che fortuna! (*Si gira verso Leon, si controlla con impeto.*) Miriam arriverà da un momento all'altro… Capite bene che non posso incontrarlo in vostra presenza adesso… Andatevene, ora!

Si ode suonare il campanello. Entrambi fissano la porta.

Silenzio[1].

MIRIAM: (*entra*)

MIRIAM: (*a voce bassa*) Buonasera, Hadasa! Fatti guardare. Sembravi stare così male stamattina quando me ne sono andato. Non volevo svegliarti.
HADASA: (*con un impeto di tenerezza*) Oh Miriam, finalmente sei tornato. Non stai mai a casa con me ultimamente…
MIRIAM: Ho molto da fare, piccola.
HADASA: Devo sempre stare sola a bramare…
MIRIAM: Be'… oh… mi desideri davvero? Guardami, Hadasa!
HADASA: Quanto ti desidero, Miriam! (*In fretta.*) Tutto il giorno ho camminato su e giù, su e giù… e ho pensato a te, a te, a te! Ho pensato a quello che mi hai detto ieri… Hai proprio ragione, Miriam!
MIRIAM: Ragione? Su cosa?

[1] *Nota all'edizione originale*: nella scena seguente tra Hadasa e Miriam, Leon apparentemente non è più presente, ma non è chiaro come sia avvenuta la sua uscita di scena. Il dialogo mancante sembra si trovi nella traduzione ceca di Kosterka, in cui Leon si congeda dopo aver salutato Miriam dicendo che era passato solo per chiedergli di andare al circolo quella sera.

HADASA: Hai ragione nel dire che la casa deve significare il mondo per una persona... Miriam, ti amo!
MIRIAM: (*felice*) Ti credo. Non mi hai mai mentito.
HADASA: No, non ti ho mai mentito.
MIRIAM: (*si siede al suo fianco. Serio*) Devo dirti una cosa, Hadasa. Ma non rattristarti...
HADASA: No, no...
MIRIAM: Ultimamente ho avuto la sensazione che dovesse succedere qualcosa tra noi. Avevo paura... te lo dico sinceramente... avevo paura...
HADASA: (*tremando*) Avevi paura? Miriam!
MIRIAM: (*abbracciandola*) Ti ho giudicata ingiustamente, amore mio!
HADASA: (*sussurrando*) Dimmi di cosa avevi paura...
MIRIAM: No, no, risparmiami di dirlo! Ma voglio dirti una cosa, Hadasa: quello che temevo sarebbe stato per me peggio, mille volte peggio della morte!
HADASA: Peggio della morte!
MIRIAM: Oh, piccola, che cos'è la morte in confronto a questo: vedere la propria stella bianca spegnersi ... Vedere ciò che più si odia portato dentro casa... (*Con impeto.*) Vedere la donna che si ama tra le braccia di un altro, Hadasa!
HADASA: (*con un urlo*) Miriam!
MIRIAM: No, no, perdonami! Come sei impallidita... Ti ho spaventata... Alla festa... avresti dovuto vederti alla festa: quell'atmosfera affascinante, fosforescente intorno a te... I tuoi occhi brillavano come occhi di serpente...
HADASA: (*lo interrompe*) Pensavo solo a te! (*Con impeto.*) Proprio alla festa pensavo solo a te. Ed ero felice di sentire che mi seguivi con gli occhi. (*Ride in maniera velata.*) Credevo di avere voglia di farti venire qualche dubbio... Ma ora è finito, tutto finito. Sono stanca delle feste! L'ammirazione degli altri uo-

mini mi è venuta a noia... Sai, ho percepito la tua sofferenza, e così ho cominciato a riflettere sulle tue parole: la tua casa dovrebbe essere il tuo mondo. Verrà il momento anche per te, dicevi. E adesso, oggi, è giunto per me. Oh, Miriam, da oggi tu e la nostra casa diventerete il mio mondo!

MIRIAM: Hadasa, Hadasa, non sono stato così felice da molto tempo! Oggi sento di averti conquistato per la vita. Ora non ho più di bisogno di aver paura di perderti.

HADASA: No, ora non potrai più perdermi. (*Teneramente.*) Ehi, Miriam, dimmi: non sei orgoglioso di avere una moglie che non è mai appartenuta ad un altro se non a te? Nemmeno con un pensiero... Nemmeno con l'eco più remota di un pensiero?

MIRIAM: Già, ecco la felicità e l'orgoglio della mia vita! Mi conosci e sai quanto odio quelle donne per le quali la casa è solo un luogo in cui riposare dopo i festeggiamenti e i trionfi della vita, o un posto tranquillo dove possono ricevere i loro amanti in pace e sicurezza... Oh!

HADASA: (*come febbricitante*) Immagina, Miriam: qui a casa tua... in casa mia e tua dovrei far entrare un estraneo... qui, dove ogni angolo, ogni sedia, ogni tappeto conserva mille ricordi di te e di me, qui io e uno sconosciuto... è follia, Miriam!

MIRIAM: Sì, è follia!

HADASA: (*lentamente*) E se fosse successo... preferiresti piuttosto morire mille volte?

MIRIAM: (*con durezza*) Piuttosto la morte per te e per me!

HADASA: (*sussurrando*) Ma la morte... la morte non è la cosa più terribile, Miriam?

MIRIAM: No! Vedi, Hadasa: risiedi in ogni minuscola cellula del mio sangue, in ogni minuscola cellula della mia anima. Interamente tu in ogni singola cellula. Non basterebbe una vita umana per strapparti da ogni cellula!

HADASA: Non ne parlare! Non ne parlare! Oggi mi hai riconquistata come se fosse il primo giorno in cui ci siamo amati. Oh, Miriam, dobbiamo festeggiare la nostra nuova felicità… Vero? Oggi dobbiamo bere champagne, tu ed io. Chiama il cameriere, oggi fagli portare lo champagne… non lasciarmi sola!

MIRIAM: Certo, oggi berremo insieme da soli… (*Suona il campanello.*)

CAMERIERE: (*entra*)

MIRIAM: Porta una bottiglia di champagne. Ma sbrigati… Prendi la bottiglia che è nella ghiacciaia in sala da pranzo!

CAMERIERE: (*esce*)

MIRIAM: O Hadasa! Piccola! Quanto ti amo e quanto mi hai reso felice oggi!

HADASA: Oh, Miriam, non sai cosa farei per te!

MIRIAM: (*la abbraccia*) Hadasa!

SERVO: (*entra con lo champagne e i bicchieri, riempie i bicchieri ed esce*)

MIRIAM: Bevi con me adesso, Hadasa! E guardami dritto negli occhi!

HADASA: (*tremando*) Miriam, vai, vai! Di' che non siamo in casa per nessuno… Non suonare il campanello… Dillo sulla porta…

MIRIAM: (*fa come ha detto Hadasa e, voltandole le spalle, Hadasa apre rapidamente l'anello e lascia cadere il veleno nel bicchiere di lui*)

MIRIAM: (*si rigira*) Guarda, adesso siamo soli! Finalmente, dopo tanto tempo, soli tu ed io… Bevi, Hadasa!

HADASA: (*prende il bicchiere. Fiocamente*) Oh, Miriam, ti amo più di quanto credi… Vuota, vuota il bicchiere fino in fondo… per… per amore mio… (*Entrambi vuotano i bicchieri.*)

MIRIAM: (*si accascia sulla sedia con un grido selvaggio*) Hadasa!

Cala il sipario.

POESIE

De la musique
avant toute chose[1].
Paul Verlaine

Ad Astrid!

Nelle ampie e cupe sale dell'anima
ardeva la stella come una fiaccola nuziale,
ardeva come una fiamma d'altare
sopra il tabernacolo dell'anima.

Questa stella vide la mia infanzia:
pallida risplendeva sopra l'ampia fronte della collina,
si posava come pallide mani
sopra le acque bianco-fosforescenti dell'abisso.

Io stessa ti posi sulla volta del firmamento,
inchiodando saldamente l'aureola all'arco,

[1] «La musica prima di ogni altra cosa», in francese nel testo. Cfr. l'Introduzione.

nel tuo occhio luminoso di desiderio
tremava solo la fiamma delle mie catene.

Oh, stella! Riaffonda nella mia anima!
Oh, stella! Sciogliti là dentro!

L'eternità serpeggia pallida lungo il firmamento.
Una voce risuona dalle nuvole.
Una voce risuona dalla terra:
La fonte dell'eternità sono le tempeste che intonano un canto,
intonano un canto sulle nuvole,
intonano un canto sulla terra,
intonano un canto sull'eternità che fiammeggia lungo
[il firmamento.

L'eternità schiuma bianca sotto le scogliere,
solleva le braccia,
e la sua voce risuona:
Fulmine e tempesta, voi intonate i miei canti,
siete nati nel dolore,
siete nati nell'ira!

Il fiume scorre spento e morto
colmo di sangue sporco e raggrumato.
La vela della barca è rosso fuoco,
e sopra l'albero volteggia dolcemente
uno spirito amichevole: un pipistrello.

Allora indosso il cappuccio grigio-piombo della notte
e mi spingo faticosamente per la valle dalla luce fioca,
e vuoto il calice di sangue
sopra la fitta nebbia della valle.

E tengo la vela fiammeggiante della barca,
e faccio un cenno di saluto al mio amico grigio.
Vedo il sangue scorrere nel fiume
e penso agli artigli del mio incubo.

Caro incubo!
Sei il figlio del dolore del mio cuore:
nella rete delle tue ali nere
catturi sempre lo stormo dei miei sogni.

Fissi nel buco vuoto del mio cervello,

mentre entrambi con la coda dell'occhio guardiamo il sole,
che brillando riversa la sua marea dorata
sul sangue del fiume.

Due forti, pallide mani
accendono il fuoco segnalatore,
che nella notte d'inverno
arde sulla cima della montagna.

Un ricordo debole e sbiadito
dagli occhi stanchi, ciechi,
quando arriva il giorno chiaro e forte,
non riesce a scorgere il fuoco.

Ma in sogni sfumati
sopra profondi fiumi
vedo quel ricordo rosso sangue
e potente nuotare verso di me.

Mai puoi sparire
ricordo notturno e selvaggio!
Con le tue mani crudeli
tieni ferma la mia veste,
sotto le tue tenere mani
l'anello di ferro del mio cuore si frantuma.

Taci! Taci!
Le stelle intonano un canto misterioso
su una che ha attraversato per l'ultima volta
il roseto…
Taci!

Taci! Taci!
Vedi la candela fumante, tremolante?
Odi la neve cadere nel mio cuore
così sommessa?
Così sommessa…

Taci, oh, taci!
Odo una voce amata chiamare…
Vedi tutte le stelle cadere
sulla mia vita?

Taci…

Sto sulla riva, in attesa, impaurita
e vedo le vele bianche scivolare verso sud
la mia barca bianca è tornata a casa la sera
seguita dal canto del mio stormo di uccelli neri.

Sono l'unica e sola a seguire il lento
frangersi delle onde notturne contro i fianchi della scogliera,
confusa, sento il suono dolce e malinconico,
l'eco selvaggia di desiderio catturare il mio cuore.

Mentre il mio desiderio si lamenta
sulla fronte del mare velata di nuvole,
rimango a fissare finché vedo approdare ai miei piedi stanchi

la tua orgogliosa nave con le rose rosse della vittoria,
con l'impotente corteo di pallidi morti della vittoria!
Il tuo uccello gigante vola nella notte…

Il vento soffia caldo attraverso l'abisso profondo della notte,
mille occhi selvaggi tremano per un istante,
la terra addormentata geme ansiosa nei sogni,
sente il bacio sulle labbra passive.

Foglie d'oro nel vortice d'una danza!
L'ultimo ballo…
I miei capelli d'oro: una corona in fiamme!
E presto così pallida…

La terra apre il suo ampio grembo
e fuoriescono fiumi bollenti:
fiori scintillanti
splenditi come l'arcobaleno,
sangue e fuoco!
Con la potenza del terrore
sollevano le braccia verso i pianeti splendenti.

Il vento soffia gentile attraverso l'abisso profondo della notte,
mille stelle d'oro tremano per un istante,
la terra addormentata sorride dolcemente nei sogni,
sente il bacio sulle labbra chiuse.

Nuvole inquiete s'inseguono
sopra i miei giorni felici
sopra la calda notte della mia estate.

Diventano una spada minacciosa
che reprime i miei desideri,
così da placare nel nulla le loro urla.

Diventano un uccello che spiega
le sue ali e s'affretta
sul cespuglio di papaveri dei miei sogni.

Ho bevuto dal tuo pozzo profondo
una notte in cui la luna grande e insanguinata
bruciava tra i rami curvi dei pini.

Ho visto l'aquila volare via,
spaventata dalla luna su quei tetri patiboli,
e intorbidire l'acqua della tua limpida sorgente.

E la forza che ho bevuto dalla tua acqua,
divenne veleno nelle mie vene sane,
mentre aspettavo, seduta sulla pietra runica.

E il veleno che è penetrato nel mio cervello
mi ha dato il potere di decifrare le rune della pietra,
mentre la luna impallidiva dietro la foresta.

E quando il sole sorse con splendore a oriente,
ho visto le ali giovani e forti dell'aquila
spiegarsi come fiamme nel firmamento.

Questa nostalgia preservata e congelata
tende le mani e mi tenta:
e tutto diventa paura, mentre il fiume s'insinua
pallido e mortalmente silente attraverso il porto della valle.

Quel nome dimenticato e fin troppo familiare
perde la sua appassita ghirlanda di rose:
e il dolore diventa sogno, mentre il giorno irrompe
stanco, e la notte accende fuochi segnalatori di vendetta.

Non hai visto i cigni bianchi del sogno
cancellare le ombre dal ruscello cupo?
Non hai visto le bandiere bianche della pace,

dove sventolava la bandiera sgargiante dell'ira?
Ma la fiamma della vendetta evoca il dolore
e le colline sognano il sangue.

A Zenon

Dormi! Dormi!
Adesso tacciono le voci infuriate.
Come se il giorno avesse pronunciato troppe parole,
il sole tramonta dietro boschetti e pendii,
le stelle del cielo brillano sopra la terra.
Dormi!

Dormi!
Presto le ampie voci s'alzeranno,
destando la tempesta su ogni verde altura,
destando le tempeste nei tuoi regni dorati:
allora la tempesta aprirà i tuoi occhi spaventati…
Dormi a lungo!

Quando la tempesta si scatena intorno alla casa – di notte –
e la porta si apre con violenza:
vedo la paura ferma nel vano della porta –
incanutita – spietata…
E non possiedo la spada che
possa tagliarle la testa!

Quando la luna, folle di vendetta, s'insinua in
casa – di notte – e la porta si apre
subdolamente e lentamente:
vedo aperta nel vano della porta
una mano – lunga – morta… e non oso,
non oso stringerla!

Quando il sole urla nel cielo
– di giorno – e sputa i suoi soldini d'oro
nella stanza:
la porta si spalanca ed io
vedo che il vano della porta assomiglia alle fauci
[di una bestia!

Il vento insegue farfalle grigio-polvere
lungo il suolo profondo e dorato del cielo,
le vedo sciamare intorno alla sfera rossa del sole.

Le vedo prendere fuoco nello stesso istante,
le ali leggere in fiamme,
e poi carbonizzate sparse sul fondo scuro del firmamento.

Ora solo una mosca velenosa color verderame
s'aggrappa alla rosa gigante del sole.
Appassisce lenta sulla curva dell'orizzonte.

E il vento della sera geme nelle mie orecchie,
quando il sole tramontò, le ombre s'allungarono tanto…
Cos'è che martella nel silenzio della sera?

Cos'è che adesso spaventa il mio cuore?

In un luogo remoto e assolato
i miei pallidi morti s'incontrano festosamente
il loro sorriso lunatico partorirà
per loro e per me una nuova e duratura pace.

Una volta scivolarono con me sul fiume
sul fiume in cui brillavano gli enigmi della vita
e con me dovettero scontare il viaggio fino in fondo
lì, dove il ruscello scorreva nel mare.

Ora in una terra remota e assolata
anch'io sto vigile al sole
e sento la forza nel mio cuore

di apparire con la magia al raduno dell'eterno oblio
in una danza festosa intorno al vecchio fuoco
un mondo portato a casa dalle rive del Lete.

Indice

Finito di stampare
nel mese di settembre 2025
presso Rotomail Italia S.p.A. – Vignate (MI)